BREVE COMPENDIO DELLA STORIA ROMANA: AD USO DEI GIOVINETTI PER LE SCUOLE DEL REGNO D'ITALIA

Sarah Trimmer

INTRODUZIONE

La Storia Romana si divide generalmente in tre parti:

1 La Monarchia.

2 La Repubblica.

3 L'Impero.

Durante il primo stato, Roma fu governata successivamente da sette re.

Durante il secondo, fu governata dal senato senza re.

Durante il terzo, Roma fu soggetta agli Imperatori, al pari di tutte le altre nazioni conquistate dai Romani.

Parte prima

LA MONARCHIA

I.

Enea approda al Lazio.

Enea figlio di Anchise fuggì da Troja con pochi compagni, mentre l'incendio devastava quella famosa città, e dopo molte avventure pose piede nel Lazio. Il re ed il popolo sbigottiti in sulle prime, alla vista di una mano d'armati, si erano opposti allo sbarco, ma udito delle sventure dei Trojani, li favorirono di ospitale accoglienza: e il re latino, allora regnante, concedette sua figlia Lavinia in isposa ad Enea, il quale pigliò possesso del regno, e regnò quattro anni, dopo i quali perì miseramente affogato in un fiume, gittatovi da' suoi nemici in una zuffa, che gli occorse con loro.

Ascanio, un figlio, che era nato ad Enea prima che questi si recasse nel Lazio, gli succedette nel trono, regnò trentott'anni, e dopo la sua morte, la corona passò a Silvio fogliuolo di Enea e di Lavinia.

A Silvio tredici re succedettero della medesima schiatta, che per quattrocento anni all'incirca regnarono in Alba, città che Ascanio avea creato la capitale del Lazio.

Gli ultimi due di questi re, Numitore e Amulio erano fratelli, e fu pattuito fra loro, che Numitore avrebbe il regno e Amulio una gran parte del tesoro; ma Amulio fece uso delle ricchezze, per l'acquisto del regno, e subornato il popolo con regali, ne scacciò il fratello.

Empio! Che amò il potere e le ricchezze a preferenza del proprio fratello.

II.

Romolo e Remo presentati da Faustolo a sua moglie Laurenzia.

Numintore ebbe un figlio, che lo snaturato zio fece assassinare in una partita di caccia. Ebbe pure una figlia chiamata Rea Silvia, che Amulio trattò in una maniera assai barbara. La sventurata ebbe due bambini, che il re ordinò fossero gettati nel Tevere, condannandone la madre alla prigionia a vita.

Gli infelici furono messi in una cassetta o cesta di legno, e collocati presso le sponde del fiume, che avea allora straripato, ma Dio permise che le sue acque sospinte dal vento da quelle si allontanassero, e ne rimanessero salvi. Faustulo guardiano del gregge di Amulio, che ben conoscevasi, avvenutosi in quel luogo, li ritrovò, e li recò tosto a sua moglie Laurenzia, che li allevò come propri figli e pose loro nome Romolo e Remo. Laurenzia soprannominatasi anche Lupa, locchè diede origine alla tradizione volgare che Romolo e Remo fossero stati allattati da una Lupa.

Faustulo che ben ne sapeva l'origine, ne ebbe gran cura, e furono allevati sino alla pubertà. In appresso, appresero l'istoria della loro liberazione, perlochè deliberarono disfarsi dell'usurpatore e cattivatosi un partito, uccisero Amulio nel proprio palazzo. Allora Numintore fu rimesso in trono, donde già da 17 anni era stato deposto.

Sguardo alla città di Roma nel primiero suo rozzo stato.

Romolo e Remo dopo che ebbero rimesso in trono il loro buon avolo Numintore, questi li consigliò a edificarsi una città e ne li provvide dei materiali all'uopo, non dissentendo che molti de' suoi sudditi facessero lega con loro; ma per mala ventura i due fratelli attaccarono briga, e un duello ne nacque, di cui remo rimase la vittima.

Morto Remo, Romolo che avea diciott'anni all'incirca, proseguì l'opera da loro incominciata. Fu eretta una piccola città sopra il monte Palatino, che in appresso si chiamò Roma. Non avea questa che un miglio di circuito, nè comprendeva che un migliajo di case, a un di presso, o meglio, meschine capanne. Le stesse mura del palazzo erano tessute di giunchi, e il tetto di stoppia. Non strade regolari, ma ciascuno edificava la sua abitazione a capriccio, talchè questa città che in processo di tempo, diventò la metropoli del mondo conosciuto, non fu da principio che un piccolo meschino villaggio.

Non v'ha luogo che meriti dispregio, a cagione unicamente dell'umil sua apparenza, conciossiachè l'industria ed il valore, possano coll'andar degli anni, elevarlo all'opulenza.

Si crede che la fondazione di Roma risalga 748 anni innanzi alla nascita di Cristo.

IV.

Romolo primo re di Roma.

Fabbricata Roma, il popolo nominò Romolo suo re. Questi diede tosto opera a far delle leggi, come quegli che era convinto che niuna forma dio governo potesse sussistere, senza di queste. Divise i suoi sudditi in due classi, avuto riguardo alla loro nascita e dignità. – Quelli di rango superiore chiamò Patrizii, quelli di inferiore Plebei. I primi erano destinati alle grandi cariche dello stato, i secondi alla coltura dei campi, al nutrimento del bestiame, al commercio, ed al servizio militare. Affine di mantenere l'unione tra Plebei e Patrizii, raccomandò questi alla protezione di quelli, e concedette ai Plebei la facoltà di eleggersi i loro propri protettori. Ciascun protettore si chiamò patrono, e la persona protetta, cliente. Ufficio dei patroni si era l'adoperarsi con ogni impegno a guarentire la tranquillità e il ben essere dei loro clienti; quello dei clienti, di soccorrere i patroni. Nè mai doveva l'uno accusar l'altro, od essere dalla contraria parte in qualsivoglia discussione. Questo patronato conservò la concordia e l'armonia nella nazione per più di seicento anni, e provò che quanto migliore è l'alta classe, rispetto all'inferiore, più rispettosa è quest'ultima rimpetto alla prima.

Forma del governo romano.

Romolo convinto che un re a ben governare una nazione abbisogna dell'assistenza di persone, non tanto nel creare quanto nel far eseguire le leggi, non mai elesse l'operare a capriccio, però divise lo stato in tre parti, Re, Senato, Popolo.

Uffizio del re quello si era di aver cura alle cose appartenenti alla religione, custodire le leggi, decidere cause di gran momento tra sudditi, radunare il senato ed il popolo e ratificar quello che la più parte avesse approvato. Per gli affari esteri, ed in tempo di guerra, incumbevagli il comando dell'armata, e il porre in opera tutti que' mezzi che avesse giudicato opportuni. Gli erano pure assegnati dodici uomini chiamati Littori, ciascuno armato di fasci, cioè di un'ascia legata fra un mazzo di verghe destinate a punire i trasgressori alle leggi sia col troncar loro il capo, o col batterli.

Il senato consisteva di cento persone scelte fra i patrizii. Queste si chiamavano Senatori, novantanove erano nominate dal popolo, una dal re. Questa dicevasi principe del senato, cioè l'arbitro supremo del popolo, in assenza del re.

Al popolo era riservato il privilegio di crear magistrati, eseguir leggi, deliberare sopra ciascuna guerra, che fosse stata proposta dal re.

Romolo rimosse dalle arti e dal commercio ogni mezzo di favorire il lusso, e creò buone leggi per l'amministrazione della giustizia, ma sgraziatamente per lui e per i suoi sudditi, erano pagane, come quelle che supponevano un numero di Iddii e di Dee non meno bizzarri e capricciosi dei mortali. Così in luogo di un pio culto, a somiglianza di quello che il cristianesimo consacrò al Creatore, Romolo prescrisse l'uso di ridicole cerimonie, che oggidì moverebbero a riso i fanciulli, e queste con alcune altre continuarono a praticarsi anche allorquando Roma giunse al colmo della sua gloria.

V.

Guerra dei Sabini

Romolo riuscì a collegare un dato numero di gente straniera da altri paesi, e accrebbe di molto la sua colonia, ma la più parte de' suoi sudditi vivevano senza mogli però inetti, da sè soli, al maneggio degli affari domestici. Romolo dispose una gran festa, e pose in mostra spettacoli che attirarono i popoli circonvicini, tra i quali furono molte femmine, me nel più bello della festa i Romani irruppero contro gli stranieri, e trasportarono seco molte delle loro donzelle, obbligandole per la maggior parte a sposarsi a coloro che le rapirono.

Quest'oltraggio mosse a sdegno le nazioni circostanti, e ne nacque una guerra accanita tra i Romani e i Sabini, in cui questi si impadronirono della città. Finalmente le donne, che erano state convenientemente trattate dai loro sposi romani, deliberarono concorrendo nell'avviso di una matrona assennata per nome Ersilia, di ricomporre ogni cosa. Perciò Ersilia insieme colle altre vestite a lutto, e tolti fra le braccia i bambini, trassero al campo, e colà interposesi fra ambidue gli eserciti, li scongiurarono caldamente a desistere. A quella vista i soldati di ambedue le parti deposero le armi, e poco stante, vennero a patti, che Romolo e Tazio re dei Sabini regnar dovessero ambidue in Roma.

Le donne sabine si diportarono in una maniera propria del loro sesso, in simil congiuntura, imperocchè egli è delle donne lo adoperarsi, per quanto è in loro, a promuovere la pace nella vita pubblica e privata.

VI.

Romolo.

Romolo e Tazio regnarono insieme circa cinque anni. Questi morì poscia in battaglia e Romolo divenne un'altra volta solo re dei Romani. Durante il suo regno, molte guerre sostenne colle nazioni circonvicine, per le quali ampliò i suoi dominii, e crebbe il numero dei suoi sudditi. Occupò il monte Saturnio, che poi fu detto il Campidoglio, e vi fabbricò una cittadella con torri e spalti.

Romolo, fatte molte buone leggi pel buon governo de' suoi sudditi, ne prescrisse l'adempimento. E di quelli che le violarono quale condannò alla pena capitale, quale alle verghe, giusta il grado della colpa, alla presenza del popolo, seduto sopra il seggio di giudice nella pubblica piazza.

Nell'ultimo periodo del suo regno, a Romolo, mosso da vanagloria, venne in pensiero di dominare sui padri, laonde questi divisarono di nascostamente ucciderlo. Ciò eseguito fecero sparger voce nel volgo, che molto lo amava, che egli fosse salito al cielo, per venirvi annoverato tra gli Dei, e gli dedicarono un tempio, in cui onoratasi sotto il nome di Dio Quirino.

I dominii romani, alla morte di Romolo, consistevano di molta parte del Lazio, e di un considerevole aumento arrecatovi dalla città dei Sabini, non che di una piccola porzione dell'Etruria. L'esercito di Romolo ascendeva a quarantaseimila fanti, e ad un migliajo di cavalli. Questi regnò trentasette anni.

VII.

Numa Pompilio secondo re di Roma.

12

Morto Romolo, il popolo non acconsentiva alla scelta di un altro re, e non fu che dopo mature deliberazioni che si pronunziò in favore di Numa Pompilio Sabino, personaggio di gran merito e dottrina. Numa a tutta prima, poco parea voglioso di una tale elezione. Dedito ad una vita privata, e appassionato com'era fuor di misura pe' libri, poco egli ambiva di mostrarsi in campo, come i re di Roma avevano fatto per l'addietro, in molte occasioni. Ma avvisatosi che un uomo moderato suo pari, sarebbe stato acconcio al governo di un popolo, come i Romani, accettò l'offerta, imperocchè opinava (come tutti il debbono) che a chiunque occorre dedicarsi al servizio del proprio paese, incombe l'obbligo di far sacrificio delle private sue inclinazioni.

Questo re istituì molte buone leggi, ed ordinò diversi sacrifici e riti divini, e fu onorato dall'universale, di cui grandemente migliorò i costumi. Numa regnò quarantatre anni in perfetta tranquillità, e morì nell'ottantesimo dell'età sua.

VIII.

Tullo Ostilio terrore di Roma

13

Morto Numa, il Senato tenne per alcuno tempo le redini del regno; fu poi dal popolo eletto re Tullo Ostilio nobile romano, uomo altero per indole, portato alla guerra, e benevolo da prima, fuor di modo a pro' dei più bisognosi tra i suoi sudditi che molto lo amarono. Per opera sua, la città d'Alba, che ebbe a suo re Numintore da quando venne fondata, fu congiunta a Roma, ed egli scelse il Colle Celio nella città per stabilirvi il popolo, che menò seco da Alba. Tullo conquistò anche un popolo chiamato i Fidenti. I Sabini in questo mezzo diventarono una nazione potente, ma in guerra insorta tra essi e i Romani, Tullo riportò una compiuta vittoria, e li ridusse a mal partito. Pochi anni appresso, ebbero un'altra guerra, in cui ai Sabini nuovamente toccò la disfatta.

Tullo regnò trentatre anni, ed è voce, che con l'intera famiglia morisse colpito dal fulmine.

IX.

Anco Marzio quarto re di Roma.

14

Anco Marzio era nipote di Numa, i cui esempii ei diessi ad imitare. Di carattere fu mite e pacifico, ma si vide costretto ad ingaggiar battaglie colle nazioni circonvicine, contro le quali riportò di molti vantaggi, e col mezzo delle vittorie arricchì i suoi sudditi.

Anco Marzio aggiunse a Roma il Monte Aventino, e la abbellì di magnifici edifizii, alle quali opere sopravvisse ancora per lo spazio di ventiquattro anni. Fu amato e riverito dal popolo che ne pianse la morte.

X.

Tarquinio Prisco quinto re di Roma.

Lucio Tarquinio Prisco da prima appellato Lucumone figlio di un mercatante, fatto acquisto di molte ricchezze, fermò la sua dimora in Italia.

Anco Marzio l'ultimo re, tenendo grandissima opinione di Lucio, gli assegnò la tutela dei due suoi figli chiamati Marzii, ma morto il re, Lucio pose in opera ogni mezzo per procacciarsi il regno e vi riuscì. Egli scelse fra i plebei persone ragguardevoli per virtù e prudenza, e le associò al senato. Que' senatori che Romolo avea scelto fra i patrizii si dissero padri coscritti, quelli che vi aggiunse Tarquinio senatori delle genti minori. Il senato consisteva allora di trecento membri.

Tarquinio sortì un esito felice nelle sue guerre coi Latini, gli Etruschi e i Sabini. E fermata la pace, diede opera ad ornare, abbellire e munire la città, edificò il Circo, e instituì i giuochi romani. I figli di Anco concepirono alto sdegno per la perfidia di Tarquinio, ma costretti a cedere, deliberavano di privarlo del regno, se fosse stato possibile, ma non venne loro fatto. Giunto poi Tarquinio a vecchiezza, questi mandarono per due sicarii ad assassinarlo, i quali si finsero due pastori, che insieme attaccassero briga, e furono dal re a chiedere giustizia. Uno di costoro ferì Tarquinio d'un ascia nel suo palazzo, del quale colpo morì. Scoperto che i Marzii si erano serviti di sicarii, furono costretti alla fuga.

Lucio Tarquinio regnò per trent'otto anni, e governò con equità il suo popolo.

XI.

Passaggio di Tullia sulla spoglia del padre.

Servio Tullo sesto re di Roma.

Servio Tullo fu figliuolo di una donna già schiava di Tanaquil moglie dell'ultimo re. Tanaquil si era accesa di tanto affetto per Servio, che indusse il suo consorte ad adottarlo, cioè ad averlo in luogo di figlio, e a riguardarlo come tale. Tarquinio ebbe cura di educarlo, e fatto vecchio gli cedette le redini del regno.

Morto Tarquinio, Tanaquil e Servio pensarono a tenerne occulta la morte, insinuando nella moltitudine che egli fosse solamente stato ferito.

Frattanto Servio confortò il popolo a persistere nell'eleggerlo contro la volontà dei Padri, che si ricusarono di confermare la loro elezione; nondimeno Servio ebbe il trono, e regnò con giustizia molti anni. Divenuto vecchio ed infermo, abdicò la sua carica, lasciando al popolo la scelta di un altro re, ma la tragica sua fine lo impedì di porre ad effetto il suo disegno. L'ultimo re Tarquinio ebbe due figli, che condussero in isposa due figlie di Servio. Lucio principe primogenito di carattere fiero ed ostinato era invaghito dell'altra sorella, per nome Tullia più che della propria, e questa riamavalo di pari amore a preferenza del principe, a cui era unita in matrimonio. Perciò convennero di sbrigarsi, l'uno della moglie, l'altra del marito e darsi a vicenda la mano di sposi. – Effettuate queste nozze, Lucio andò al Senato e posesi in trono. – Giunto il re, e tentato scacciarnelo, il principe gettò a terra il misero vecchio e gravemente l'offese. Giunse Tullia al Senato mentre appunto il re accingevasi a far ritorno al suo palazzo, ed esortò lo sposo a spedirgli dietro una mano d'armati a spacciarlo. – Questa figlia snaturata risalì il cocchio, e al suo ritorno, trascorrendo la via dove il cadavere del padre giaceva nuotante ancora nel sangue, costrinse il cocchiere a trapassarvi sopra col carro.

Questo racconto di Tullia merita di essere preso quale ammaestramento ai figli a non lasciarsi padroneggiare dalle passioni, e dall'orgoglio nella loro tenera età, imperocchè non può dirsi in quali mostri valgano a tramutarli col tempo. – Servio accrebbe la città di tre Colli, e circondò le mura di un fosso. Egli fu il primo che istituì i censori; ufficio dei quali era prender notizia del numero della popolazione, onde assoggettarla ad egual tassa. Roma contava allora ottantaquattro mila cittadini.

XII.

Tarquinio Superbo, settimo ed ultimo re dei Romani.

Tarquinio si diportò in modo sì imperioso, che il popolo soprannominollo il superbo, o l'orgoglioso. Egli non si diè pensiero nè del senato, nè del popolo, ma ogni cosa disponeva ad arbitrio, e sentenziò a morte tutti coloro che ebbe in sospetto di amici dell'ultimo re, o che possedevano grandi ricchezze. Fra questi fuvvi un suo congiunto chiamato Marco Giunio, che aveva un figlio appellato Lucio Giunio, giovine di grande intelligenza e sapere; ma quando il padre di costui, e il fratello maggiore furono fatti morire, egli per campar la vita si finse folle, e Tarquinio lo accolse in loro vece nella sua famiglia, per farne il suo trastullo, e lo chiamò Bruto.

Tarquinio, per via di inganni e tradimenti, riportò segnalati vantaggi sopra i Latini ed altre nazioni, e fra le altre cose mosse guerra ai Rutoli, e strinse d'assedio Ardea, che ne era la capitale. Nella durata di quest'assedio, gli ufficiali romani che ne avevano il campo, usavano di trattenersi, l'un l'altro, nei rispettivi quartieri. Un giorno mentre Sesto Tarquinio il primogenito trattenevasi coi suoi fratelli, e col cugino Collatino, nacque ragionamento intorno alle loro mogli, e ciascuno si facea bello della sua, come della migliore. – Su questo punto, quasi attaccarono briga, e alla fine convennero, che ciascuno salito sul proprio cavallo, si trasferisse a Roma, per assicurarsi a quali lavori ponessero mano. – Così fecero, e trovarono le donne regie dedite a feste, e sollazzi, laddove Lucrezia moglie di Collatino stava filando colle ancelle: perlocchè tutti concordarono di dare a costei la preferenza. D'allora in poi Sesto l'amò più che la propria sposa, e nulla omise per indurla all'amor suo, a preferenza del proprio consorte, ma Lucrezia stette ferma nel suo proponimento di continuare a vivere da saggia moglie con Collatino; del che sdegnato Sesto, disse a Lucrezia, che a tutti l'avrebbe dichiarata infame. Lucrezia avvisando che il popolo lo avrebbe creduto, divisò di morire, e venuta a Roma, mandò per lo sposo e i congiunti suoi e raccontato loro dell'empità di Sesto, si ferì al cuore con un pugnale e cadde ai piedi dello sposo.

Se Lucrezia fosse stata cristiana, avrebbe conosciuto, che era suo dovere sopportare la calunnia con rassegnazione, ma i pagani erano spinti ad atti simili dagli orgogliosi loro ammaestramenti, e reputavano nobil cosa il darsi morte, quando erano oppressi da sventure.

XIII.

Fine dello stato monarchico.

20

Bruto che era presente alla morte di Lucrezia, assunse tosto il suo vero carattere, e divelto il pugnale dal seno di lei, giurò solennemente, che egli avrebbe scacciato Tarquinio, e procacciato ogni mezzo per estirpare la razza abominevole; e in quest'avviso concorsero i suoi partigiani. – Allora Bruto esortò caldamente la moltitudine accorsa a mutare il governo romano in quello di repubblica, ed egli e il suo partito tanto fecero, che Tarquinio e la famiglia sua, per decreto dello Stato, furono per sempre banditi da Roma. Così terminò lo Stato monarchico, dopo aver durato per lo spazio di duecento quarantacinque anni. Tarquinio ne regnò venticinque.

Parte seconda

LA REPUBBLICA.

21

XIV.

Stato Consolare.

Posto fine al potere monarchico, fu istituita una repubblica, o governo, senza re, e due magistrati si elessero al reggimento dello Stato per un anno soltanto, che furono detti consoli. Bruto, e Collatino consorte di Lucrezia, si chiamarono i primi consoli. Tarquinio pose in opera molti espedienti per recuperare il suo regno, e trasse alla sua parte i figli dello stesso Bruto, e i nipoti di Collatino; ma scoperta la trama, i cospiratori vennero tradotti dinanzi al tribunale consolare. Là ciascuno di essi fu legato a un palo, con dietro avvinte le mani. Bruto avvisò che era ufficio suo lo anteporre il bene dello Stato alla vita dei suoi figli, e visto che non avevano prove in loro difesa, ambidue li condannò alla pena capitale, e la sentenza fu eseguita sotto gli occhi del padre loro.

La condotta di Bruto fu riconosciuta nobile, e degna di lode, ma la sua virtù era quella di un pagano. Un padre cristiano non risarebbe diportato in modo sì rigido, nè una nazione cristiana comportato avrebbe un simile sacrificio da un padre, comecchè i giovani fossero stati rei di un delitto, e meritevoli della pena a cui soggiacquero.

Bruto entrò in sospetto che il collega suo potesse favorire Tarquinio; per la qual cosa, influenzò il popolo, per indurlo a rimuoverlo dal consolato, e Publio Valerio fu eletto a quella carica. – Di lì a poco, Bruto morì in battaglia per mano di Anco figlio di Tarquinio, che in quel mezzo fu mortalmente ferito da Bruto. – Le matrone romane vestirono a lutto un anno intero per Bruto affine di significare la vendetta da lui presa, pel cattivo trattamento fatto a Lucrezia.

In questo primo anno, cinque furono i consoli.

XV.

Muzio Scevola.

Tra i partigiani di Tarquinio era Porsenna uno dei re dell'Etruria, che cinse Roma d'assedio e la ridusse a mal partito.

Muzio giovine di gran coraggio, travestitosi da contadino penetrò nell'accampamento di Porsenna, che trovò seduto in trono con seco il cancelliere intento a distribuire la paga ai soldati. Muzio scambiando pel re il cancelliere, lo ferì nel cuore: perciò fu preso e condotto alla presenza del re. – Chi siete voi? Gli chiese Porsenna. Qual era il vostro divisamento? – Io sono romano, rispose Muzio, e il mio divisamento era quello di liberare la patria da un fiero nemico. Voi vedeste quello che io fui capace di fare, vedete ora quello che son capace di soffrire. Nè me soltanto avete cagione di temere, ma trecento giovani, che, al pari di me, hanno cospirato a vostro danno. – Allora gittata la mano in un braciere di carboni ardenti, la vi tenne per qualche tempo, senza mostrarne risentimento. Porsenna colpito dalla magnanimità di Muzio, gli fece dono della libertà; e lo rinviò salvo a Roma.

Porsenna non durò molto a convincersi, che Tarquinio non meritava il suo ajuto, e abbandonatolo, si legò d'amicizia coi Romani.

Muzio diede nobile saggio di sè. – Obbligo di ciascun cittadino si è lo avere a cuore il bene del proprio paese; e lo stratagemma, che egli adoperò è uno di quelli che in tempo di guerra son sempre degni di approvazione. Quanto mirabile non fu il suo coraggio nel sopportare con tanta fermezza la pena del fuoco! – Con questo mezzo si sottrasse a pene maggiori, in cui sarebbe incorso. In tempi di pericolo, la via migliore si è quella di ricorrere alla fortezza, avvegnacchè gli uomini riconosciuti intrepidi sieno tenuti in conto dai loro stessi nemici, laddove i codardi diventano oggetto di disprezzo agli amici medesimi.

XVI.

Nomina di un Dittatore.

24

I Romani s'impegnarono poco dopo, in una guerra coi Sabini, ed ebbero un segnalato trionfo, sotto il console Publio Valerio, cui diedero il nome di Publicola, ovvero, popolano, avuto riguardo ai suoi modi cortesi verso il popolo. Publicola era un ragguardevole personaggio, niente vago di arricchire la propria famiglia, come quegli che saviamente pensava, che il retaggio migliore da trasmettere ai suoi figli fosse una buona educazione. Al tempo della guerra coi Sabini, egli già fatto vecchio, morì poco dopo la vittoria, che riportò contro di loro. La sua morte fu oggetto di universale compianto, e le matrone pagarono alla sua memoria il tributo medesimo di quel rispetto, che avevano dimostrato per Bruto.

Tarquinio confortò i Latini a collegarsi con lui; e poichè il senato e i plebei discordavano tra loro ricusando questi di andare alla guerra, se i loro debiti non venissero cancellati dal pubblico, condizione a cui i primi ricusavano di sottoscriversi; i consoli vennero in pensiero di creare un magistrato presieduto da un dittatore investito di assoluto potere sopra ogni classe, ed anche sopra le leggi stesse. – In questo avviso tutti concorsero, e Marzio fu eletto primo dittatore. Questi fu re in ogni punto, ove se ne eccettui il nome. Esercitò per sei mesi la sua carica, che rassegnò, dopo aver pattuita una tregua col nemico.

Da questo tempo cominciò l'uso di creare un dittatore, ogni qual volta lo Stato fosse stato in pericolo.

Sul finire dell'anno, rinnovassi la guerra tra Tarquinio ed i Latini, che durò qualche tempo. Questi finalmente furono assoggettati ai Romani, e Tarquinio si ricoverò in terra straniera, ove morì, l'anno novantesimo dell'età sua.

XVII.

Nomina dei tribuni del popolo.

25

Non andò molto che il popolo, non essendo riuscito ad indurre il senato a condonargli il pagamento dei suoi debiti, die' segni di malcontento. Molti deliberarono di abbandonare Roma, ed erigere un nuovo governo a loro. A questo effetto, parte di essi, capitanati da un tal Sicinio Belluto plebeo, si rifugiarono ad una montagna, circa tre miglia distante da Roma. – Finalmente confortati dai saggi consigli di Menenio Agrippa, uno dei senatori, risolvettero di far ritorno, a patto però che si procedesse alla nomina di magistrati per la plebe, a porgerle ajuto contro i Consoli. – I tribuni del popolo, furono dapprima in numero di cinque, ma crebbero, in appresso, insino a dieci.

XVIII.

Coriolano

Durando i dissapori tra il senato ed il popolo Coriolano arrecò offesa, per cui fu dai tribuni condannato a perpetuo bando. – Molti amici avea Coriolano, guerreggiato avendo da valoroso a pro' della patria. Egli disdegnò di muover querele, ma tolto dalla madre, dalla moglie, e dai figli, partì da Roma, e si mise sotto la protezione di Accio Tullo personaggio di gran potere tra i Volsci. – In breve sorse una guerra tra i Romani ed i Volsci, e Coriolano e Tullo capitanarono l'armata dei Volsci, i quali prosperarono in tal guisa, che alla fine divisarono di stringer Roma d'assedio. Fu allora che i cittadini ebbero a pentirsi della loro imprudenza per aver sbandito Coriolano, ed inviarono legati a proporgli una indennizzazione, ove egli avesse acconsentito a sciogliere l'esercito, ma egli fu sordo alle loro istanze. – Finalmente la madre e la moglie con le principali matrone di Roma, trassero al campo e lo scongiurarono caldamente a desistere. Coriolano durò dapprima inflessibile, e convocò i suoi ufficiali perchè fossero testimoni della presa risoluzione. Allora la madre Vettura si volse a lui colle più affettuose parole, e la moglie ed i figlii implorarono pietà e protezione, le loro compagne ruppero in lacrime, e si sfogarono in lamenti. Si gettò al collo della madre, e gridò: «O madre, tu hai salvato Roma, ma hai perduto il figlio.» Tosto ordinò che fosse sciolto l'esercito.

Questa condotta di Coriolano non deve recar stupore; ma egli può meritamente incolparsi dell'aver da prima rivolto le armi contro il proprio paese, e poi sciolto l'esercito senza il consentimento di Tullo e dei Volsci.

Corse voce che Coriolano fosse ucciso, chi dice ad un modo, chi ad un altro.

XIX.

Quinzio Cincinnato.

L'anno appresso occorsero in Roma nuovi torbidi, e i due consoli Manlio e Fabio si videro costretti a creare un dittatore. – Quinzio Cincinnato fu creduto uomo da ciò. Era questi un personaggio di specchiata virtù, di nulla più vago che di coltivare il campo di propria mano. – Giunti a lui i legati, lo trovarono colla mano all'aratro vestito alla rustica, e con gran difficoltà lo indussero ad accettar la carica, e vestire gli abbigliamenti recati per lui. – Mosso finalmente dalla speranza di giovare alla patria, accettò l'offerta, però disse alla moglie nell'avviarsi con loro: Io temo, o mia Attilia, che i nostri campicelli rimarranno incolti quest'anno. Cincinnato diede tali saggi di prudenza, che compose ogni dissidio che aveva cagionata la sua elezione. Abdicò dippoi la dittatura, e tornò ai rustici suoi lavori, da cui ritrasse doppio contento, dopo le gravi cure della Stato. – Non andò guari che Roma fu invasa da orde straniere; imperocchè, gli Equi e i Volsci collegati fra loro ne impresero l'assalto. Allora Cincinnato fu rieletto dittatore, e scelse a maestro de' cavallieri Tarquinio, altro chiaro personaggio, che, al pari di lui, sdegnò far acquisto delle ricchezze con mezzi ignobili. – Si venne ad una guerra accanita. Gli Equi furono disfatti, l'onor di Roma salvato. Cincinnato abdicò nuovamente la dittatura, e ricusate le grandi ricompense offertegli dal senato, ricoverò al rozzo suo focolare ed ai suoi campi.

XX.

Fine dello Stato consolare. Nomina dei Decemviri.

28

La repubblica romana fu per lo spazio di anni sessanta oggetto di dissensioni continue tra la plebe ed i patrizi. Finalmente si deliberò di redigere un corpo di leggi scritte, e s'inviarono legati con gran pompa alle città Greche in Italia e in Atene, a riprodurne alcune di quelle onde salirono in tanta rinomanza. – In capo a un anno, i legati tornarono, con seco un piano di leggi comprese in dieci tavole, alle quali due se ne aggiunsero. Questa raccolta si chiamò delle dodici tavole. Dieci tra i Padri vennero scelti ad esaminare le leggi con autorità di modellarle secondochè avessero giudicato opportuno. Questi furono detti Decemviri, e si procacciarono un'assoluta autorità sul popolo. I Volsci e gli Equi ripresero la guerra, e gran disordine nacque nello Stato, perchè i decemviri si diportavano nel modo il più arbitrario, se non che un tragico avvenimento venne a por fine alla loro oppressione.

XXI.

Morte di Virginia.

Appio uno dei decemviri avendo veduto un'avvenente donzella chiamata Virginia l'ambì per isposa, ma inteso che stava per maritarsi a Icilio già tribuno del popolo, deliberò di mandar a vuoto questo matrimonio. Per la qual cosa, si valse di cotal Claudio per impadronirsi di Virginia sotto pretesto che fosse sua schiava. Claudio eseguì l'incarico commessogli, ed entrato nella scuola a cui Virginia recatasi ogni giorno, la trasse fuori, fra le compagne, e condussela piangente al tribunale, che la giudicò cosa di Claudio. Virginio padre di Virginia era un centurione allora assente colle sue legioni, ma udito di questo fatto, affrettossi a Roma, e riclamò Virginia come sua figlia. L'iniquo Appio la giudicò appartenente a Claudio, e ordinò ai littori che disperdessero la moltitudine. L'infelice Virginia atterrita tentò di fuggire, ma i littori se ne impadronirono, e già stavano per consegnarla a Claudio, quando il padre di lei supplicò gli venisse concesso di ricevere l'ultimo addio dalla figlia che sì teneramente amava. Virginio abbracciolla, asciugò le lacrime che grondavano dagli occhi di lei, e immantinente afferrato un coltello, glielo piantò nel seno, gridando ad alta voce: – O mia carissima figlia perduta. Io ti mantengo in libertà in quel modo che posso. Allora imprecando al tiranno Appio, risalì sul suo cavallo, e tornossene al campo.

Questo avvenimento risvegliò un fremito d'indegnazione universale contro Appio, che poco dopo fu condannato alla prigionia, ove egli e un altro dei decemviri per nome Oppio si uccisero. Gli altri otto decemviri presero volontario esilio, e M. Claudio venne esiliato, in appresso.

Dopo questo fatto, altre nazioni riportarono vantaggio contro i Romani, e nati nello Stato nuovi torbidi, si divisò di nominare in luogo dei consoli alcuni ufficiali sotto il nome dei Tribuni militari: in breve questi furono dimessi, rieletti i tribuni ed i consoli, e a coadiuvarli creati i censori. I primi furono Papirio e Sempronio patrizii. L'istituzione dei censori durò cent'anni, all'incirca.

XXIII.

Entrata di Brenno in Roma.

Camillo Furio uno dei tribuni della milizia riuscì a molta gloria col mezzo dei suoi trionfi. Molte azioni egli fece di ricordanza, delle quali non possiamo far menzione in questo breve compendio e malgrado le quali questo ragguardevole personaggio fu poi costretto ad esiliarsi da Roma, come quegli che caduto era in disgrazia dei suoi cittadini, a cagione di una falsa accusa. I tribuni ne esultarono, ma ben presto ebbero a pentirsi dei loro cattivi trattamenti, avvegnachè i Galli, che già da ducent'anni all'incirca avevano fermato dimora nel Nord dell'Italia, con discacciarne molti degli abitanti, finalmente capitanati da Brenno loro re, si voltarono contro Roma, e ne seguì un ostinato combattimento colla peggio dei Romani, i quali vi perdettero quarantamila uomini. Quanti erano atti alle armi si ritirarono al Campidoglio, gli altri fuggirono alle città circostanti.

Brenno, vinti i Romani, mosse contro Roma ed entrato nella città, fu preso da stupore al vederla vuota d'abitanti. Giunto al Foro luogo ove convenivano i senatori fu commosso alla vista di parecchi di que' venerandi, e dei sacerdoti colle bianche loro toghe seduti sopra seggi d'avorio, e deliberati di morire anzichè abbandonare la città, ove erano sì onorevolmente vissuti. I Galli a tutta prima gli scambiarono per gli Dei di Roma, ma uno dei soldati azzardatosi a tirar per la barba uno di quei venerandi, questi tocco da quel modo indegno, gli die' d'un colpo sul capo col suo scettro d'avorio. Il soldato mosso ad ira immediatamente l'uccise e dopo di lui fu fatta strage di tutti gli altri. Il perchè appiccarono il fuoco alla città e l'abbruciarono dai fondamenti.

Ponzio Cominio.

Brenno si rivolse tosto al Campidoglio, e lo circondò col suo esercito, ma ad un personaggio per nome Ponzio Cominio prode nell'armi, riuscì a salire con gran difficoltà la cittadella, e avvertì il Senato che Camillo, suo vecchio e fido capitano, aveva con una mano di gente del luogo, ov'egli ritirossi, riportato vittoria contro alcuni dei galli, perlochè il Senato deliberò di nominare dittatore Camillo, e fu inviato Ponzio a pubblicare il decreto. In un subito ecco soldati da ogni banda accorrere a Camillo, il quale recuperò in poco d'ora un grande esercito. Or mentre egli disponevasi a scacciare i galli, questi si avvidero per mezzo di alcuni segni lasciati da Ponzio, che alcuni erano stati sulla collina, perciò Brenno risolvette di salire colassù con alcuni de' suoi, e la notte medesima giunsero alle mura, senza che i Romani avessero pur il menomo sospetto del loro divisamento. Or avvenne che i cani dormivano, ma le oche in un cortile del Campidoglio li sentirono, e crocciando e starnazzando le ali risvegliarono Marco Manlio uno degli officiali, che diede tosto il grido dell'arme, e i Romani respinsero i Galli.

Da quel tempo in appresso invalse l'uso in Roma di portare una volta l'anno in trionfo una statua d'oro raffigurante un'oca, ed un cane veniva barbaramente immolato.

XXIV.

Furio Camillo.

32

I Romani non potendo aver notizia di Camillo, e pressochè vinti dalla fame, vennero ad un accomodamento coi Galli, mercè il quale questi acconsentirono a sgombrare lo Stato, mediante mille libbre d'oro. Or mentre ambedue le parti stavano trattandone il peso, ecco giunger nuova ai Romani dell'approssimarsi di Camillo con poderoso esercito. Giunto questi in poco d'ora, e inteso di che trattatasi, ordinò tosto che l'oro fosse riportato in Campidoglio. Imperocchè, diceva egli, i Romani non mai riscattarono la patria coll'oro, ma col ferro. - Io sono il dittatore di Roma e la mia spada comprerà la pace per essa. – Per questa cagione si ruppe ad una guerra colla peggio dei galli. Così Roma fu liberata da un nemico formidabile pel valore di un prode personaggio.

Roma non era allora che un mucchio di rovine. Il popolo propose di ritirarsi in Vej, città di cui già erasi impadronito, ma Camillo il confortò a non rinunziare a una terra resa così illustre dai loro antenati, e riedificarono la città nel luogo medesimo. Camillo combattè da prode per la patria in molte occasioni. Fu cinque volte dittatore, finalmente die' un addio ai pubblici affari, e vecchio morì di pestilenza, da tutti compianto in considerazione della specchiata sua virtù.

XXV.

Fabricio e Pirro.

33

Una tra le nazioni con cui i Romani guerreggiarono furono i Sanniti, popolo valoroso e potente, che occupava un tratto dell'Italia meridionale. Questi riportarono in varie riprese grandi vantaggi, ma le loro forze gradatamente scemarono, laddove quelle dei Romani crebbero. Finalmente incapaci di difendersi, ricorsero a Pirro re dell'Epiro, che promise di soccorrerli, e mise in punto un'armata da sbarco in cui si contavano cinquanta elefanti.

Pirro si interpose, qual mediatore, tra i due eserciti, ma i Romani ne ricusarono l'offerta, e durarono in una guerra con Pirro per un tempo considerevole, che riuscì vantaggiosa a questo principe; pure tante furono le perdite da lui toccate, che desiderò la pace, a cui i Romani non acconsentirono, finchè egli non avesse abbandonato l'Italia, benchè si stessero contenti ad un cambio di prigionieri. Fra i personaggi adoperati in questa congiuntura, fu Fabricio ragguardevole per le sue virtù e per la scelta da lui fatta della povertà. Pirro lo trattò colle più cortesi maniere, e ignaro dell'indole sua, lo presentò di oro, colla speranza di subornarlo, onde esortasse i Romani alla pace, ma Fabricio ricusò l'offerta. Il dì vegnente Pirro sperimentò di atterrirlo. Fece muovere all'improvviso dietro di lui un suo elefante, e mentre Fabricio era tutto intento al discorso, Pirro fece dare all'elefante un forte barrito, ma Fabricio lungi dall'atterrirsene – Nè ieri il vostro oro, diss'egli, nè oggi la terribile vostra fiera valgono a produrre sull'animo mio la benchè menoma impressione. Io non agogno ricchezze, ho pochi bisogni, e il poco che possiedo mi basta a soddisfarli e a sovvenir talvolta i miei concittadini. Pirro restò così edificato dall'integrità di Fabricio, che rilasciò i prigionieri e commiseli alla sua cura. Inviò poi un famoso oratore per nome Cinea a domandare la pace a ragionevoli condizioni, ma i Romani durarono saldi nella loro pretesa che Pirro abbandonasse l'Italia. Tornato Cinea, e chiestogli qual genere di città fosse Roma, rispose che gli pareva una città piena di tanti re, raunati insieme. In appresso, si rinnovò la guerra e a Pirro toccò la disfatta.

XXVI.

Stratagemma dei Romani contro Pirro.

34

Pirro, udito che i Romani ricusarono di acconsentire alla pace, accrebbe il suo esercito, e l'anno appresso i Greci ed i Romani ruppero ad una guerra, in cui fabricio fu commesso al comando dell'esercito. Pirro per evitare la disfatta, mandò fuori i suoi elefanti. I Romani si avvidero che queste fiere non avrebbero resistito al fuoco, però avventarono contro di essi molte palle composte di lino e di resina, la cui fiamma li destò a tanta furia, che si rivoltarono impetuosi contro i loro proprii soldati. I Romani ne colsero il destro e trionfarono. Pirro deliberò poco dopo, di abbandonare l'Italia, e con questo divisamento imbarcò il suo esercito e così si diè fine ad una guerra che aveva continuato sei anni. I Romani avevano guerreggiato coi Sanniti per diciassette anni. La guerra con Pirro accrebbe più che mai il nome dei Romani, che furono perciò tenuti in grande riverenza dalle altre nazioni, e i loro dominii ampliati in tal guisa, che si calcolavano a cinquecento miglia all'incirca di lunghezza, e a cento trenta di larghezza. Gli avvenimenti sinora descritti succedettero duecento sessantatre anni e più prima della nascita di Cristo.

XXXVII.

Prima guerra punica.

35

I Cartaginesi nazione potente erano ai Romani oggetto di conquista. Possedevano quelli la parte migliore dell'isola di Sicilia, di null'altro bramosi che di muoverne a querela gli abitatori per possederne intera la signoria. Vi nacque una questione tra Jerone re di Siracusa, uno degli Stati della Sicilia, e i Mamertini popolo di quest'isola, che implorò la protezione dei Romani, ma poi ricorse ai Cartaginesi. Di lì ne nacque una guerra tra i Romani e i Cartaginesi. Jerone fu sconfitto e si assoggettò ai Romani, e poco appresso, divenne loro fedele alleato, e li fornì di provvigioni. La forza principale dei Cartaginesi consisteva nelle loro flotte, e nel commercio, ma i Romani non avevano navi da guerra e ignoravano il modo di costruirle; se non chè, per buona ventura, una nave cartaginese sospinta al lido dalla tempesta, servì loro a modello e immediatamente si diedero a preparare una flotta. Duilio console, preclaro personaggio, ne ebbe pel primo il comando. Con questa vinse i Cartaginesi, che perdettero cinquanta navi. Ciò avvenne l'anno ottavo della guerra.

XXVIII.

Battaglia navale tra i Romani e i Cartaginesi.

36

Dopo lo splendido successo dei Romani nella prima spedizione, il Senato risolvette di spedire i due consoli Regolo e Manlio con una flotta di trecentotre galee, e centoquarantamila uomini, per fare un'incursione sulle coste dell'Africa. L'esito corrispose al loro desiderio. Imperocchè, venuti alle mani co' Cartaginesi, ne riportarono compiuta vittoria. Allora Regolo colla sua armata scese sulle coste dell'Africa e la fortuna gli arrise, così per mare come per terra, poichè più di ottanta città rimasero in suo potere.

I Cartaginesi dolenti per l'accaduto chiamarono per capitano Xantippo generale spartano, e sotto la condotta di questo prode, diedero ai Romani una disfatta con molta strage, e Regolo fu preso prigioniero; ma i Romani udito appena di questa calamità, spedirono una gran flotta ed un esercito che ruppe i Cartaginesi, per mare e per terra. La guerra non finì finchè i Cartaginesi bramosi di liberarsi da sì fatti nemici, non consultassero tra loro del modo di ricomporsi coi Romani.

XXIX.

Morte di Regolo.

Regolo giaceva da quattro anni in un carcere stretto in catene. I Cartaginesi pensando che egli sarebbe stato contentissimo di venir posto in libertà, lo inviarono coi legati, nella speranza che egli avrebbe esortato i suoi concittadini a por fine alla guerra, ma prima della sua partita gli fecero dar promessa con giuramento che egli tornerebbe senza speranza di scampo, ove l'esito non avesse corrisposto ai loro desiderii.

I Romani gioirono alla vista del vecchio loro capitano, ma Regolo ricusò di entrare nella città, allegando che egli era prigioniero dei Cartaginesi, però immeritevole di venir posto a parte degli onori del suo paese. I padri si radunarono fuor delle mura, per udire i legati, e Regolo espose la sua ambasciata, e richiesto della sua sentenza, rispose doversi continuare la guerra, indi tornossene volentieri tra' nemici, i quali concepirono tanto sdegno del suo operato, che straziatolo a mille guise, lo misero in una specie di botte per entro ripiena di punte di chiodi talchè egli non potesse senza tormento appoggiarsi, o sedere, ed ivi comportarono che di spasimo e di fame terminasse i suoi giorni.

Morto Regolo, la guerra durò per un buon tratto di tempo: ambedue le parti diedero saggio di lor prodezza e valore, ma i Romani riuscirono alla fine vittoriosi, per mare e per terra, e i Cartaginesi si videro costretti a risolversi per la pace, che fu loro conceduto, mediante il pagamento di una ingente somma di denaro, l'abbandono della Sicilia, e che desistessero dal muover guerra agli alleati di Roma, o spedir navi da guerra nei dominii romani. Vi aggiunsero la liberazione di tutti i prigionieri, senza riscatto.

Così finì la prima guerra punica.

Annibale.

Amilcare che comandava l'armata cartaginesi quando fu ceduta ai Romani la Sicilia, era un personaggio assai prode nell'armi, locchè contribuì alla sua perdita. Ben presto egli concepì disegni di avvantaggiare i Cartaginesi, in pregiudizio dei Romani, coll'ampliare i dominii dei primi in Ispagna, e coll'educare in tal guisa suo figlio, che proseguisse, lui morto, i suoi progetti. Giunto questi all'età di nove anni, Amilcare fu spedito in Ispagna, ma il figlio lo pregò di condurlo seco. Il generale vi accondiscese, purchè giurasse un odio incancellabile contro i Romani, insino alla morte. Annibale obbedì, pose la sua mano sull'altare eretto ad uno degli idoli adorati dai Cartaginesi, e giurò che avrebbe odiato i Romani, tutta la sua vita, nè mai stretta amicizia con loro.

Terribile fu una tale risoluzione, ma Amilcare prevedeva che Annibale non avrebbe potuto far lega con loro, senza nuocere agli interessi del suo paese. Se Amilcare fosse stato cristiano, egli avrebbe insinuato al figlio l'amore per la patria, senza l'odio contro i suoi nemici.

XXXI.

Chiusa del tempio di Giano.

39

Terminata la guerra cartaginesi, nacquero dissidii tra i Romani e le altre nazioni, e quelli fecero acquisto di nuove provincie. Finalmente fu dunque ristabilita la pace, e il tempio di Giano la prima volta si chiuse, dopo il regno di Numa Pompilio, dal quale era stato edificato, onde fosse aperto in tempo di guerra, e chiuso in quello di pace.

XXXII.

Guerra co' Galli.

La pace generale, per cui il tempio di Giano fu chiuso, fu di breve durata. Poco tempo dopo, alcune delle nazioni circostanti ripresero le armi contro i Romani. Amilcare ebbe ragguardevoli successi in Ispagna, e nacquero dissidii tra i Romani e i Cartaginesi. Una guerra si accese pure tra i Romani e gli Illirici, i Galli vi presero parte, lo che costrinse i Romani a far leva di molte forze. Malgrado ciò, i Galli si cimentarono ad invadere l'Italia, e nocquero di molto ai Romani. Dopo varii fatti d'armi sanguinosi da ambe le parti, ambedue gli eserciti si accamparono a battaglia, e Viridomaro re de' Galli Gesati si trasse innanzi al suo e sfidò a duello il generale romano, che accettollo, e però gli eserciti si trassero in disparte spettatori dell'evento. Marcello ferì il re nel petto con una lancia, e sbalzatolo da cavallo, incontinente lo tolse di vita. I Romani caricarono allora con gran furia il nemico, e benchè pochi ruppero i Galli in gran numero, locchè fu cagione, che una gran parte della Gallia diventasse una provincia romana. Alcuni degli avanzi del bottino raccolto furono spediti al re Jerone, che continuò a mantenersi fedele alleato ai Romani.

XXXIII.

Passaggio delle Alpi.

I Cartaginesi avevano acconsentito a por fine alla prima guerra punica, come quelli, che non avevano forze sufficienti a resistere, però disegnarono di rompere il trattato, tostochè se ne fosse loro pôrta l'occasione. Amilcare andava facendo grandi acquisti in Ispagna, e Asdrubale generale, a cui era stato assegnato il comando in quelle parti dopo la morte di Amilcare, li accrebbe. Morto Asdrubale, Annibale fu chiamato a succedergli. Questi conservò nel cuore l'odio, che da fanciullo, avea giurato ai Romani, e colse ben presto un pretesto per assediare i Saguntini loro alleati. I Romani spedirono legati con avviso ai Cartaginesi di desistere e licenziare Annibale lor generale, ma eglino invece si disposero alla guerra contro i Romani, commettendone la cura ad Annibale allora in età di ventisette anni all'incirca. Era questi veramente un uomo da ciò, dotato di gran coraggio, e di presenza di spirito. Annibale partì da Cartagine con un poderoso esercito, e dopo una marcia faticosa, giunse ai piedi delle Alpi, perle quali, egli doveva farsi strada in Italia. Era la metà dell'inverno: le cime delle montagne coperte di neve, la gente che ne abitava le falde vestita di pelli, con capegli lunghi, e rabbuffati. Le loro abitazioni consistevano in meschini tugurii, le pecore, il bestiame erano intirizziti dal freddo; in una parola quello spettacolo avrebbe colpito chiunque d'orrore, ma non potè sull'animo di Annibale, che in quindici giorni superò coi suoi quelle tremende montagne, e giunse nelle pianure d'Italia. Metà del suo esercito, parte morì di freddo, parte fu fatta in pezzi dagli Alpigiani.

XXXIV.

Stratagemma di Annibale per salvare il suo esercito circondato da Fabio.

Numeroso esercito romano condotto dal consolo Scipione si oppose ad Annibale, ma fu rotto in tre battaglie con gravi perdite, e Annibale riportò tali vantaggi, che ne sperò la piena conquista. Dopo sì infelice successo, fu eletto dittatore Fabio Massimo personaggio di grande prudenza e valore, il quale diportò con molto senno, e una volta chiuse Annibale tra le montagne, ove egli non vedea mezzo di scampo; ma questo egregio capitano ricorse ad uno stratagemma, con cui riuscì a liberare il suo esercito. Fece dunque avvinghiare dei rami alle teste di molti bovi, e appiccarvi il fuoco, spingendoli contro i Romani, i quali alla vista di quelle fiamme, si avvisarono che i Cartaginesi si disponessero all'attacco, ma in appresso raffiguratile per bovi e parendo al turbato loro pensiero quasi mostri che gittassero fuoco, si spaventarono e fuggirono in grande scompiglio.

XXXV.

Minuzio.

Poco stante, Fabio fu richiamato a Roma, dove il senato mosso da ingiusti sospetti sul suo conto, gli negò una somma di denaro che egli erasi obbligato a pagare ad Annibale, pel riscatto d'alcuni prigionieri. Fabio stette saldo nella sua parola, ma vendette i proprii averi per adempire a quell'obbligo. Quando Fabio si licenziò dall'esercito, impose a Minuzio comandante della cavalleria di non cimentarsi a battaglia veruna. Minuzio trasgredì il suo comando, ed acquistò qualche vantaggio sopra i Cartaginesi. Ciò saputosi a Roma, gli amici di Minuzio si adoperarono, perchè venisse nel comando agguagliato al dittatore; cosa che non si era mai praticata per lo innanzi. Tornato Fabio al campo, fu convenuto tra lui e Minuzio, che si sarebbero diviso il comando dell'esercito. Annibale costrinse tosto Minuzio ad un fatto d'armi, in cui questi ed i suoi sarebbero stati fatti a pezzi, se Fabio non fosse accorso a soccorrerli ed avesse costretto Annibale ad una ritirata. Quando i due generali romani tornarono dal campo nemico, Fabio non proferì parola di rimprovero contro il suo collega. Ma Minuzio chiamò i suoi soldati, e loro parlò in questa forma: - Venite, o miei cari, a prestar l'opera vostra al dittatore; io lo chiamerò padre e voi soldati darete il titolo di padroni e difensori a coloro dalle cui mani siete stati difesi, e se nient'altro si fosse stato, questo giorno ne darà pure fama e nome d'animi grati. – Allora indirizzò le sue legioni al campo del dittatore, a cui rassegnò il suo comando, e chiese che niuno dei suoi ufficiali venisse degradato, come quegli che era il solo meritevole di biasimo. Fabio lo abbracciò e fu nel campo una gioia universale.

XXXVI.

Emilio e Lentulo.

Giunto per Fabio il tempo di deporre la dittatura, venne commesso il comando ai due consoli Terenzio Varrone ed Emilio. Non era Varrone uomo da ciò, ma Paolo Emilio era patrizio di rara disciplina. L'oste romana e cartaginese si incontrarono a Canne, e qui ebbe luogo una gran battaglia, in cui per la cattiva condotta di Varrone i Romani furono fugati e disfatti con molta strage. Emilio fu ferito a morte; e avvisando che non gli era più dato di guadagnare il campo, si assise sopra una pietra, nel qual luogo avvenutosi il tribuno Lentulo, che volgevasi cogli altri alla fuga, smontò da cavallo e lo offerì al console, ma Emilio con fioca voce: - O mio caro Lentulo io ho vissuto abbastanza, rispose: fuggi e lasciami morire. Abbi cura di ragguagliare a tempo il senato del nostro infortunio, affinchè egli difenda e munisca Roma, e di' a Fabio che L. Emilio sempre s'ha tenuto a mente i suoi precetti. Varrone fuggì con soli settanta cavalli, e fra gli avanzi dell'esercito Minuzio perdè la vita. Lentulo proseguì il suo cammino e la cavalleria cartaginese nell'avanzarsi irruppe contro Emilio che ne restò vittima. Si dice che Annibale, dopo questa battaglia inviasse tre moggia di anelli d'oro a Cartagine. Grande esultanza destò questa vittoria nel campo di Annibale, e i Romani si videro quasi ridotti a disperare, nondimeno consigliarono dei mezzi più acconci alla loro condizione. Annibale voglioso di confortare le sue truppe, ritirassi con esse in una città chiamata Capua. In questo frattempo i due Scipioni ottennero ragguardevoli successi in Ispagna, e Sagunto fu recuperata; ma finalmente que' due prodi mancarono di vita, e lor succedette Scipione figlio del console ucciso, in età di soli ventitre anni.

XXXVII.

Disfatta di Asdrubale e sua morte.

45

Durante il soggiorno di Annibale a Capua, i suoi soldati datisi in preda alla lussuria e all'ubbriachezza, si resero in breve inetti alla guerra, e la fortuna di questo gran capitano presto valse alla peggio. Egli ebbe due diversi fatti d'armi coi Romani, in cui fu battuto. Mandò ai Cartaginesi per nuovi rinforzi, che dapprima gli furono negati, ma finalmente il senato cartaginese divisò di inviare Asdrubale fratello di Annibale con potenti forze a soccorrerlo. Asdrubale fu incontrato dai consoli romani, Livio e Nerone, il suo esercito fatto a pezzi ed egli stesso preso prigioniero. Nerone lo fece decapitare, e il giorno stesso in cui Annibale aspettava l'arrivo di suo fratello, la testa di questo fu gettata nel campo Cartaginese e colà Nerone mandò in catene alcuni dei prigionieri da lui presi. Annibale, riconosciuta la testa del fratello e inteso il racconto fattogli dai prigionieri – O Cartagine (esclamò) infelice Cartagine! – Io gemo soverchiato dal peso del mio destino.

XXXVIII.

Abboccamento tra Scipione e Annibale.

Scipione il giovine fece gradatamente acquisto della Spagna, ed è fama aver egli riportato trionfi maggiori colla sua dolcezza e benevolenza che colla spada.

Credevasi, che egli avesse in animo di attaccare Annibale in Italia, ma disegnò invece di portare la guerra in Africa, e colà si rivolse con poderoso esercito. In breve, disfece Annone generale cartaginese e si fece alleato di lui, che aveva espulso Massinissa dal trono di Numidia. Allora il senato cartaginese deliberò di richiamare Annibale dall'Italia, per oppor difesa ai Romani nei proprii dominii. Annibale obbedì e abbandonò l'Italia con lagrime dopo di averne occupata la parte migliore per quindici anni.

Saputo che Annibale era giunto in cinque giorni di viaggio da Cartagine, Scipione si apparecchiò ad un fatto d'armi, ma il generale cartaginese desiderò di abboccarsi con Scipione per trattare della pace, alla quale brama gli fu accondisceso e venne per questo fissato un luogo tra i due accampamenti, ma non si venne a conclusione di sorta, ed ambedue gli eserciti si diedero a decidere la questione colla spada. Fu una guerra terribile, e comechè Annibale desse saggio della massima bravura, fu vinto da Scipione, e in appresso si conchiuse la pace con patti sommamente vantaggiosi ai Romani. Così finì la seconda guerra punica, che durò circa diciassette anni. Magnifico trionfo si celebrò ad onore di Scipione, che fu poi cognominato l'Africano.

XXXIX.

Morte di Annibale.

47

Finita la seconda guerra punica, i Romani un'altra ne impresero con Filippo re dei Macedoni, cui costrinsero a domandare la pace, conchiusa la quale i Romani ridonarono ai Greci la libertà, atto magnanimo, che procacciò loro molta lode. Intanto il generale cartaginese Annibale, già indegnamente trattato dai suoi concittadini, andava errando di città in città; finalmente rifugiossi alla corte di Antioco re di Siria. Egli consigliò questo principe alla guerra contro i Romani, la quale continuata per qualche tempo, Lucio Cornelio Scipione allora console passò in Antiochia con molte forze, nella speranza di sottomettere Antioco, e il gran Scipione Africano militò sotto suo fratello, in qualità di luogo-tenente. Antioco non ebbe talento bastevole a mettere in opera il piano di Annibale, ed ebbe dai due Scipioni una compiuta disfatta. Annibale vedendosi decaduto dalla grazia di Antioco, fuggì a Prusia re di Bitinia; ma i Romani divisarono di punirlo per aver incitato Antioco contro di loro, perciò inviarono Emilio uno dei loro famosi generali a domandarlo. Prusia intimorito già cedeva alle istanze. Annibale non trovando scampo colla fuga, si fece da uno dei famigliari recare del veleno con cui pose fine ai suoi giorni. Lucio Cornelio Scipione tornato dalla conquista dell'Asia, fu cognominato l'Asiatico. Quando i Scipioni tornarono dall'Asia, Catone primo console, già nemico di Scipione l'Africano, volle querelarlo come reo di aver estorto il tesoro; perciò Scipione si confinò in un ritiro, ove in poco tempo morì.

Catone rivolse poi le sue astuzie contro Scipione Asiatico ridotto allora alla povertà, ma i Romani conosciutane l'innocenza, nuovamente lo arricchirono.

Poco appresso, fu ripresa una seconda guerra Macedonia contro Perseo figlio di Antioco, il quale fu vinto da Emilio.

XL.

Terza guerra punica.

I Romani erano pervenuti allora al colmo della lor grandezza e potere. Molti re supplicavano al senato, la città era culla di eruditi e dotti personaggi, i dominii dell'impero assai popolati ed amplissimi.

Circa quel tempo in cui Emilio trionfò dopo la disfatta dei Macedoni, una guerra fu impresa, tra Massinissa e i Cartaginesi. I Romani sotto pretesto che questi avesse rotto il trattato, mandarono Catone ed altri legati a Cartagine a farne lagnanze. Tornati, riferirono che la città era in uno stato floridissimo, e fu allora, che Catone prese ad istigare i Romani perchè si disponessero a distruggerla, ma Scipione Nasica vi si oppose. Finalmente benchè fosse proclamata la guerra, e che i Cartaginesi inviassero legati a Roma coll'offerta dei loro dominii, nondimeno i consoli imbarcatisi con poderosa armata, approdarono alla costa dell'Africa con gran terrore dei Cartaginesi, che poco dopo deposero le armi. Ma i consoli di ciò non soddisfatti, pretesero che fosse sgombrata la città, per aver campo a spianarla dai fondamenti. Allora i Cartaginesi si diedero ad implorar pietà perfino colle lagrime, ma i consoli rimasero inflessibili. I Cartaginesi costretti alla disperazione, per questo atto di barbarie, risolsero di difendere la città ad ogni costo, e fu fatta raccolta di tutto il bronzo e ferro che loro occorse, e degli stessi vasi d'oro e d'argento, si diedero a convertirli in istrumenti da guerra; e le donne a recidersi le chiome, per supplire a corde d'archi; e uomini e donne ad affaccendarsi dì e notte al lavoro.

I Romani incontrarono da prima una cotal resistenza, come alcun poco si aspettavano. Molti fatti d'arme succedettero innanzi alle mura di Cartagine con vantaggio dei Cartaginesi, ma la vittoria toccò finalmente ai Romani, e adeguarono al suolo quella città che, da cento anni all'incirca, era stata la rivale di Roma.

Lo stesso Scipione vincitore non potè trattenersi dal piangere sulle sue rovine. Così finì la terza guerra punica. Poco dopo la Spagna diventò una provincia dei Romani; e la famosa città di Corinto in Grecia fu da loro demolita dopo averla messa a sacco.

XLI.

Morte di Gracco minore.

I Romani, fatto acquisto di molte ricchezze colle numerose loro conquiste si abbandonarono alla lussuria, ed avarizia. Sempronio Gracco, personaggio di molta probità e valore, già due volte console, e salito in fama di egregio capitano, sposò Cornelia figlia del gran Scipione Africano. Lasciò dopo di sè due figli, Tiberio e Cajo Gracco. Tiberio il primogenito, conscio della corruzione che predominava nella corte di Roma, propose una legge appellata Licinia, la quale prescriveva che nessuna persona dello Stato possedesse più di cinquecento iugeri di terreno. Attalo re di Pergamo, avendo legato intorno a questo tempo il suo regno ai Romani, Gracco fece istanza che le sue ricchezze si partissero fra mendici, per provvederli dei mezzi di comperarsi strumenti per la coltura del terreno ad essi destinato. Scipione Nasica suo cugino era il suo nemico capitale. Di qui gare terribili, e finalmente Tiberio Gracco fu ucciso, ebbe luogo una mischia ove i suoi amici furono perseguitati nel modo più barbaro: uno di essi principalmente, il retore Diofane fu preso, e posto in un sacco pieno di serpenti e di vipere, ove miseramente finì i suoi giorni.

Cajo Gracco, morto il fratello, si ritirò in una solitudine, ove visse due anni, dedicandosi agli studi, ma poi se ne rimosse, nè andò molto che gli occorse un'occasione di cattivarsi il favore dei soldati, ma il senato erasi ingelosito.

Scipione Africano il minore, prevedendo nuovi torbidi nello Stato, si recò a Roma, e il dì prossimo sarebbe stato dittatore: ma fu trovato morto nel proprio letto. Corse voce che fosse stato avvelenato, ad istigazione di Papirio Carbone, Cajo Gracco usò ogni mezzo per conculcare i padri ed esaltare il popolo, ma dopo molti sforzi senza effetto, egli fu vinto e costretto a fuggire da Roma. Finalmente si ricoverò in un bosco ove esortò un servo suo fedele ad ucciderlo, il quale eseguito appena il comando, si uccise egli stesso e cadde morto sul corpo del suo signore. Poco stante, coloro che li inseguivano recisero la testa di Gracco e un tal Sulpizio, portatala seco, ne riempì di piombo la cavità del cervello, e se ne ebbe in guiderdone dal console il suo peso in oro.

Dopo la morte di Gracco, i tumulti popolari si ricomposero.

XLII.

Guerra Giugurtina.

Massinissa re di Numidia lasciò tre figli che regnarono insieme in perfetta concordia. Micipsa il primogenito sopravvisse e possedette egli solo il regno. Questi ebbe due figli per nome Sempsale e Adertale, due ne lasciò Manastabale suo fratello, Giugurta e Guada. Due anni prima di morire Micipsa adottò Giugurta, e lo fece così erede dello stato coi figli, ma morto il vecchio, nacquero tosto dissidii fra loro, e Giugurta a tradimento diè morte a Sempsale.

Poco dopo questo avvenimento, Adertale fuggì ai Romani, ma Giugurta subornò il senato, il quale inviò legati in Africa per dividere il regno di Numidia. Il senato favorì Giugurta assegnandogli la parte della provincia più ricca e più fruttuosa, l'altre possedè Adertale. Giugurta di ciò non soddisfatto mosse guerra ad Adertale con disegno di far acquisto di tutto il regno, e via avvantaggiandosi mise tutti i partigiani di colui a fil di spada e tolse lui stesso di vita nel modo più barbaro.

La notizia dell'accaduto giunse a Roma, e il senato si vide costretto dal proprio onore a decretare la guerra a Giugurta, ma egli subornò i consoli per ottenere la pace; del che il popolo venuto in sospetto, fece premura che Giugurta fosse chiamato a Roma. Qui scansò il giudizio del popolo, ma per un delitto da lui commesso, gli fu ordinato di partire dalla città. Si rinnovò la guerra, in cui Giugurta riportò segnalati vantaggi sopra i Romani comandati allora da certo Aulo Albino capitano da poco; ma in capo a due anni, Giugurta fu vinto da Metello in molte battaglie, il quale lo cacciò finalmente dai suoi dominii e lo costrinse alla pace.

Metello promettevasi allora una facile e sicura vittoria, ma non gli venne fatto, a cagione di Mario suo luogotenente, a cui riuscì di essere eletto console, e come tale destinato al comando dell'esercito.

Giugurta incapace a difendersi, impegnò Bocco re della Mauritania, la cui figlia avea condotta in isposa, a collegarsi con lui; ma Bocco vedendo, che Mario e Silla suo luogotenente erano troppo potenti, deliberò di dare al nemico Giugurta per guarentire la propria salvezza. Giugurta carico di catene fu condotto a Roma, ove il senato lo condannò a morir di fame, in prigione.

Finita la guerra Giugurtina, Mario fece nuove conquiste, e si rese più che mai popolare.

51

XLIII.

Guerra sociale.

Gli stati d'Italia, tentato invano di venir ammessi alla cittadinanza romana, a cui erano uniti grandi privilegi, si collegarono contro Roma. Da ciò ne nacque quella guerra che fu poi detta sociale. Due anni dopo il senato accordò il diritto di cittadinanza ad alcuni Stati; e in appresso, ad uno ad uno, vi ammise tutti gli altri.

Subito dopo la guerra sociale, il senato decretò che il console Silla, che avea militato sotto Mario, marciasse contro Mitridate re del Ponto che intendeva a conseguire la sovranità dell'Asia. Mario tirò a sè un partito, per venir preposto a quel comando. Allora Silla si affrettò a Roma con potenti legioni: di qui ebbe origine una guerra civile. Mario fuggì ed ebbe a sopportare molti disagi, e Silla animò la sua spedizione.

Partito Silla, Mario ottenne di essere riammesso in Roma e diede prova di immoderata barbarie contro gli amici di Silla. Questi non appena ne fu consapevole, fermò la pace con Mitridate e determinò di tornare ai suoi. Ciò inteso Mario, diedesi a gozzovigliare e morì. In quel medesimo che Silla avanzatasi verso la città, Scipione uno dei consoli gli mosse incontro con numeroso esercito, e Scipione si avvisò, che questa fosse un'occasione opportuna per trattar della pace con lui. Mentre ciò stava effettuando, fuvvi un libero commercio tra i due accampamenti, e i soldati di Silla rivelarono agli altri i tesori da loro guadagnati offerendo di partirli con quelli tra i cittadini che fossero dalla parte loro. Guadagnata da queste offerte, l'intera armata di Scipione defezionò, e il console e i suoi figli furono presi.

Dopo questo avvenimento, il giovine Mario figlio del generale, e Carbone si opposero a Silla, e Pompeo che fu poi detto il Grande strinse lega con lui. Terribili gare successero, ma il partito di Silla riuscì alla fine vincitore. Silla rientrò in Roma alla testa delle sue legioni, ove diè prova di immoderata barbarie e fu tiranno oltremisura dispotico.

Silla obbligò poco dopo i Romani a eleggerlo dittatore perpetuo e cambiò la forma del governo a suo talento; ma dopo averlo continuato con poteri senza ostacolo, con gran stupore di tutti, spontaneamente depose la dittatura, e si ritirò alla campagna, ove si abbandonò a sregolatezze d'ogni maniera, e di schifosa malattia terminò i suoi giorni.

XLIV.

Morte di Spartaco.

Poco dopo la morte di Silla, occorsero ben presto in Roma nuovi torbidi originati dal fatto seguente. Un certo Spartaco, che con parecchi altri gladiatori (così allora si chiamavano) era condannato a battersi nei pubblici spettacoli, fece un'evasione con settanta dei suoi compagni, e li esortò a far sacrificio della lor vita anzichè sottomettersi a sè inumani trattamenti. Questi grado a grado raccolsero un esercito considerevole. Il senato da prima sprezzandoli, spedì contro loro poca mano d'armati che tutti furono tagliati a pezzi. In breve, l'esercito di Spartaco, che constava di contadini schiavi e disertori crebbe sino a centoventimila uomini e la guerra durò circa tre anni. Finalmente a M. Licinio Crasso fu dato il comando, il quale dopo una fiera battaglia riuscì ad assoggettare i ribelli. Spartaco si diportò colla massima bravura, imperocchè ferito in una coscia da un giavellotto, combattè sulle ginocchia, finchè coperto di ferite cadde sopra un mucchio d'uccisi e spirò.

Alcuni de' suoi soldati fuggiaschi furono fatti a pezzi da Pompeo nel suo ritorno della Spagna.

Non molto dopo questa guerra con Spartaco, a Pompeo e Crasso toccò il consolato, e nacquero nuovi torbidi a motivo di gelosie tra loro. Ciascuno erasi segnalato pe' suoi servigi in pro' della patria, ma ciascuno ricusò di sciogliere pel primo l'esercito. Il popolo mosso dal timore di veder Roma avvolta in una nuova guerra civile, implorò ai ginocchi dei consoli la loro riconciliazione. Allora eglino l'un l'altro si abbracciarono, e congedate le loro legioni non intesero che a cattivarsi la popolarità. Pompeo, come generale, ottenne il favore del popolo, e Crasso fu il personaggio più dovizioso e liberale che fosse in Roma. Pompeo fu tosto inviato al comando di una flotta contro alcuni pirati pericolosi che infestavano il mare e ne tornò vittorioso. Ebbe poi il comando dell'armata contro Mitridate, e a questo recossi in Asia.

XLV.

Catilina

55

Assente Pompeo da Roma, una terribile trama fu ordita, in cui ebbero parte parecchi giovani dissoluti, ed alcuni soldati e ufficiali che appartenevano alle truppe di Silla: capo di questi era Catilina, uomo di gran coraggio e capacità, ma cima d'ogni scelleratezza. Avea questi dato fondo alle sue sostanze, e contratto debiti di tal fatta che non vedeva mezzo di sbrigarsene, e quasi trovatasi ridotto allo stremo.

Catilina divisò coi suoi complici di appiccare il fuoco a molte parti della città, e seppellire nell'incendio il senato. Questo nero disegno fu, per buona sorte, rivelato a Cicerone famoso oratore, il quale accusò Catilina, e lo citò a comparire alla sua presenza, e perorò contro di lui. Catilina poco dopo lasciò Roma, eccitò un'aperta ribellione, e venne dichiarato nemico della patria; molti dei cospiratori furono presi, e provato il loro delitto, Crasso accusato tra gli altri di complicità, venne assoluto, ma i più subirono la pena capitale. A Cicerone fu dato il titolo di padre della patria.

XLVI.

Ingresso di Pompeo nel tempio di Gerusalemme.

Pompeo ridotto in suo potere Tigrane re dell'Armenia, e posto fine alla guerra contro Mitridate, che avea durato circa venticinque anni, marciò contro Gerusalemme, allora stretta d'assedio da certo Gabinio suo luogotenente. Vi giunse in giorno di sabato, mentre i Giudei attendevano ai loro sacrifizii, e parecchi ne uccise; indi accompagnato da molti de' suoi ufficiali, penetrò nel santuario, ove a nessuno era dato l'ingresso, ad eccezione del gran sacerdote, ma compreso da una cotal riverenza, non ardì toccarne cosa alcuna. L'anno medesimo in cui i Romani sottomisero la Giudea, nacque Cesare Augusto.

Terminata la guerra, Pompeo tornò a Roma trionfante, e visse in appresso nel colmo della gloria e della magnificenza, siccome quegli che era vanaglorioso. Giulio Cesare personaggio di straordinarii talenti, ma ambiziosissimo, era finalmente tornato dalla Spagna con immense ricchezze ed onori, e salito in molta rinomanza presso il popolo. Questi venne fatto consapevole delle gelosie esistenti tra Pompeo e Crasso e divisò di farne suo pro'. Con questo intendimento si finse amico di ambidue, e da prima promise a Pompeo di collegarsi con lui, però confortò Crasso a far lega con loro, e si accordarono insieme che nulla dovesse farsi nella repubblica senza il loro concorso ed avviso. Questo accordo che diede un tracollo al potere del senato e del popolo, fu detto il primo triunvirato. Argomento di esultanza alla più parte fu una tale riconciliazione, ma Catone esclamò che Roma avea perduto la sua libertà.

XLVII.

Cicerone implora soccorso da' suoi amici.

57

Stabilito il triumvirato, riuscì a Cesare di farsi eleggere console, e corrispose al buon volere dei cittadini col giovarli di ottime discipline, e i triumviri si adoperarono perchè venissero eletti consoli quanti potevano aver influenza sui cittadini. Cicerone si mantenne costante agli interessi della repubblica, per la qual cosa si deliberò di perderlo. Questi atterrito dalle insidie dei suoi nemici, si travestì, e lasciata crescer la barba, venne in abito di corruccio ad implorar soccorso ai suoi amici, molti dei quali gli diedero prove della riverenza loro col vestire a lutto, ad esempio di lui. Tra questi il giovine Crasso figlio del triumviro già scolare di Cicerone, diè prova di riverenza al suo precettore, coll'andar seco in giro alla testa di ventimila giovani romani. Questa persecuzione terminò coll'esilio di Cicerone; se non che dopo qualche tempo egli fu richiamato, e ben accolto nella sua patria fra le universali acclamazioni.

Ai triumviri furono assegnate varie provincie. A Cesare toccò la Gallia, a Crasso la Siria e la Giudea, a Pompeo la Spagna. Cesare riportò molte vittorie ed invase tra gli altri popoli i Germani ed i Britanni.

Tra gli atti rapaci di Crasso, si annovera il saccheggio del tempio di Gerusalemme; ma di lì a poco egli perdette la vita in una guerra coi Parti; la sua testa fu troncata e portata al re de' Parti, che ordinò vi fosse versato per entro dell'oro fuso, con queste parole: - Ora saziati d'oro.

Pompeo in Roma, per un considerevole tratto di tempo si mantenne saldo agli interessi di Cesare, ed ebbe cura a sovvenirlo d'uomini e di danaro, ma la troppa riputazione di quel personaggio finì per ingelosirlo.

XLVIII.

Cesare al Rubicone.

Non tardò Cesare a risentirsi della gelosia di Pompeo, che poneva ogni studio a scemarne il potere distornando una parte del suo esercito e richiamandolo, e scrisse al senato conchiudendo la sua lettera con queste parole: - Se io non otterrò giustizia, marcerò contro Roma. – Allora il senato minacciò di dichiararlo nemico della patria. Cesare proseguì il suo cammino e pervenne alle sponde del Rubicone, fiumicello che separava l'Italia dalla Gallia, con soli cinquemila fanti e trecento cavalli. Qui fe' alto, divisando la strada a tenersi. – Se io non varco questo fiume, diceva egli, sono perduto, ma se lo varco, che ne perderò mai? – Dopo alcune riflessioni, si gitta nel fiume seguito da' suoi, che si dichiararono pronti a morire a sua difesa. La notizia del suo arrivo gettò il popolo nella più grande costernazione, temendo che egli venisse per distruggere la città. Pompeo risolse di ritirarsi nella Puglia, e i consoli lo accompagnarono risoluti a dividere seco la sua fortuna. Marco Antonio, Curio e Crasso travestiti da schiavi usciti da Roma, fuggirono a Cesare.

XLIX.

Morte di Pompeo.

59

Dopo molti fatti d'armi, gli eserciti di Cesare e di Pompeo si incontrarono sulle pianure di Farsalia, e ne seguì una fiera battaglia, in cui Cesare ebbe la vittoria. Pompeo fuggì e ricoverassi nella capanna di un pescatore. Si salvò a Lesbo, dove era rimasta Cornelia sua consorte, e scompagnatosi a lei determinò di rivolgersi a Tolomeo re d'Egitto, e si commise ad una piccola barca con un cotal Settimo Romano – che avea militato da prima nel suo esercito – e Achille comandante dell'esercito di Tolomeo. Cornelia fu trafitta dal più vivo timore nel separarsi da lui, e provò un affanno indicibile nel vederlo pugnalato a tradimento dai suoi compagni, poco dopo aver approdato. La sua testa fu recisa e imbalsamata; il corpo fu gettato sulla spiaggia. Filippo, un fedele suo servo che lo aveva seguito, e un soldato romano fecero una catasta degli avanzi di uno schifo, e ridotto il corpo in cenere la raccolsero con diligenza e recarono in un'urna alla desolata di lui vedova.

L.

Cleopatra e Tolomeo.

Dopo la guerra di Farsalia, Cesare inseguì i nemici fin nell'Egitto, ove uno degli uccisori di Pompeo gli presentò la testa e l'anello di esso. Cesare a quella vista ruppe in lagrime, ed ordinò gli venissero tributate le funebri cerimonie.

Erano a quel tempo due competitori alla corona d'Egitto, Tolomeo e Cleopatra sua sorella, alla quale egli era sposo – secondo le costumanze del paese: Cleopatra, donna ambiziosa oltremodo, aspirava a regnar sola. Il senato romano prese a favorir Tolomeo, ma Cesare si assunse l'incarico di risolvere quest'affare, e citò il re e la regina a comparire alla sua presenza, mostrandosi egli stesso inclinato a favore di Cleopatra; dal che offeso Tolomeo si die' mano alle ostilità. Tolomeo cadde ben presto in potere di Cesare, che gli ridonò la libertà, ma non andò guari che l'infelice principe fu affogato. Cesare divenne il solo padrone dell'Egitto, e assegnò a Cleopatra e al figlio di lei il governo di questo regno, e addomesticatosi seco, diedesi a sollazzi e feste, comechè sazio finalmente si rimovesse da sì ignobile tenore di vita, rivolgendo le armi contro Farnace re del Bosforo, del quale fu in breve vincitore.

LI.

Morte di Catone.

Cesare, vinto Farnace, s'imbarcò per l'Italia, ove giunse in condizioni di tempi assai pericolosi. Imperocchè Marc'Antonio, che comandava a Roma in sua vece, diportato erasi in modo troppo a lui disdicevole. Nuovi torbidi avvennero nello Stato, a cui Cesare pose riparo colla prudenza. Questi poi andò in Africa, ove il partito di Pompeo avea raccolto le sue legioni sotto il comando di Scipione e di Catone collegati a Giuba re della Mauritania. All'arrivo di Cesare, si venne alle mani, nel quale fatto Giuba e Scipione soggiacquero, e Catone fu il solo generale superstite. Catone era uomo di tenace proposito e di fermo carattere. Morti che furono gli altri, ricoverassi in Utica, ove istituì una specie di senato che constava di trecento Romani. Da prima vennero in pensiero di difendere la città, ma avvisandosi che molti degli abitanti vivevano in timore dell'assedio, esortò alcuni dei suoi amici a salvarsi colla fuga, ed altri ad affidarsi alla clemenza di Cesare.

Posto ogni mezzo nell'adoprarsi a servizio della sua patria, si appigliò al disperato partito di togliersi la vita, come quegli che non voleva esser testimonio della schiavitù di essa. Chiesta pertanto la spada e preso da tutti commiato, immediatamente si trafisse. Gli amici e la figlia che lo udirono cadere, penetrarono nella stanza, e lo scongiurarono a lasciarsi medicare la ferita, ma egli nol volle, e in pochi istanti morì. La morte di questo gran capitano fu argomento di dolore ad Utica. Cesare stesso ne fu oltremodo commosso.

LII.

Morte di Giulio Cesare.

62

Terminata la guerra in Africa, Cesare tornò trionfante a Roma; il popolo fu più che mai propenso a tributargli onori, ed ebbe il titolo di padre della patria, e Cesare, in ricambio pose ogni studio a promuovere il bene dei cittadini e contribuire alla prosperità del paese. In appresso, i figli di Pompeo apparecchiarono un'armata in Ispagna, che fu ben presto sottomessa da Cesare. Allora egli rivolse l'animo ad abbellire la città di nuovi edifizii, riedificò Cartagine e Corinto, e formò disegni di nuove conquiste.

Cesare fu amato all'universale, ma non mancò chi ne invidiasse la gloria. Taluni sparsero la voce che egli disegnasse di farsi re, e gli ordirono contro una congiura. Capo dei congiurati era Bruto, cui Cesare avea salvato la vita a Farsalia, e Cassio, a cui avea perdonato. Bruto fortemente appassionato per la sua libertà, benchè amasse Cesare, prediligeva la patria, e deliberò di liberarla da colui che egli riguardava qual tiranno. Cesare fu più volte avvisato ad usar cautela nel recarsi in senato, in un certo giorno, ma egli deliberò di avventurarvisi. Non sì tosto ebbe preso il suo sito, che cinto dai cospiratori fu ucciso e pugnalato in varie parti. Difesesi egli da prode, ma visto alla fine lo stesso Bruto colpire – «E tu pure, gridò, tu pure o Bruto, figliuol mio?». – E venuto meno per la perdita del sangue, cadde ai piedi della statua di Pompeo e spirò, l'anno sessagesimo sesto dell'età sua.

Morto Cesare, Marc'Antonio pose in opera i mezzi più acconcio ad incitare il popolo a vendicarne la morte, e giunse a tale, che i cospiratori si videro al punto di allontanarsi dalla città, per provvedere alla propria salvezza.

LIII.

Morte di Bruto.

Ottavio figliuolo adottivo di Cesare allora in Grecia, alla notizia della morte di lui si affrettò a Roma e contò sull'amicizia di Antonio, ma questi era mosso da fini privati per non corrispondergli e ricusò di pagare ad Ottavio una qualche somma del danaro che gli era dovuta, come ad erede di Cesare. Ottavio in età allora di diciott'anni, personaggio compiutissimo e di gentili maniere, si cattivò l'amore del popolo e trasse a sè un partito potente. Antonio giudicando pericoloso l'opporsegli riuscì a cattivarsi cotal Lepido, e a collegarsi con lui e Ottavio, sotto pretesto di vendicare la morte di Cesare. In tal guisa si costituì quello che fu detto il secondo triumvirato, e sotto questo titolo deliberarono di dividere tra loro il supremo comando. Dopo questo fatto, orribili crudeltà si commisero; ragguardevoli personaggi furono messi a morte, fra i quali Cicerone famoso oratore.

Bruto e Cassio andarono in Grecia ed allora ciascuno ordinò sotto i suoi comandi un esercito; finalmente si ridussero nelle pianure di Filippi, ove quello dei triumviri già stava accampato a riceverli e qui in breve a suscitarsi una guerra, in cui a Bruto toccò la disfatta. Antonio che comandava l'esercito, ardeva più che mai del desiderio di averlo prigioniero, ma Bruto deliberò di morire, anzichè far dono altrui della propria libertà. Confortò adunque i suoi amici ad ucciderlo, i quali a tutta prima si ricusarono, finalmente un tale Stratone amico suo il più intimo, tenuta ferma nel pugno una spada, Bruto vi si gettò sopra, e immediatamente spirò. La sua testa fu spedita a Roma per essere gettata ai piedi della statua di Cesare. Cassio fu ucciso dal proprio servo, a sua richiesta.

LIV.

Cleopatra.

Morto Bruto, i triumviri, o meglio Ottavio e Antonio esercitarono un potere senza limiti. Di Lepido si fece poco conto. Roma allora non durò più a lungo nello stato di repubblica. Il senato ed il popolo avevano perduto la loro influenza. Antonio andò in Grecia, e quindi in Asia. Cleopatra, che avea avvelenato il suo fratello Tolomeo per regnare essa sola, era stata accusata di aver fornito di soccorsi i cospiratori, perciò ricevè ordine da Antonio di difendersi dell'accusa.

Ella dunque divisò di recarsi in persona alla sua Corte. Con questo intendimento, veleggiò verso il fiume Cidno sfoggiando la maggior pompa e magnificenza. La sua galea era coperta d'oro, le vele erano di seta porporina, i remi d'argento, che andavano a battuta coi suoni dei flauti e dei cembali.

In questa galea sedeva Cleopatra adagiata sur un sofà cosparso di stelle d'oro, circondata dal suo corteo; ricchi odori esalavano su per le spiaggie del fiume; nulla mancava di quanto di più prezioso potesse desiderarsi. Antonio per sua mala ventura era troppo dedito ai piaceri, e d'allora in poi non fu pago che di vivere con Cleopatra. Fulvia sua moglie sperimentandone i mali trattamenti per cagione di colei, seminò dissidii tra lui e Cesare e si corse rischio d'una guerra civile, ma Antonio, abbandonato l'Egitto, riconciliassi ad Ottavio, e morta Fulvia, Antonio sposò Ottavia sorella di Ottavio, e si conchiuse la pace. Dopo ciò Antonio tornò da Cleopatra, e presentolla di alcuni de' regni appartenenti allo Stato romano; la qual cosa inasprì il popolo, ed irritò Ottavio, che inviò Ottavia sotto pretesto di richiamarlo. Antonio ordinò alla moglie di tornarsene, e testimoniò pubblicamente i più alti onori a Cleopatra, dichiarò guerra ad Ottavio e raccolse a Samo le sue legioni.

LV.

Morte di Marco Antonio.

Ottavio apparecchiò una flotta ed un'armata contro Antonio, e deliberò di contendere seco per l'impero di Roma. Antonio fu consigliato a non cimentarsi a battaglia veruna per mare, ma egli preferì di secondare il desiderio di Cleopatra, in compagnia della quale venne alle mani con Ottavio presso la città d'Azio, nel'Epiro, alla vista di ambedue le armate navali schierate in opposte spiagge. La vittoria per qualche tempo pendè dubbiosa, ma all'improvviso Cleopatra, fatte sciogliere le vele, ritirassi con tutta la squadra Egiziana. Antonio la seguì, e fu cagione che la sua armata si assoggettasse ad Ottavio. Antonio, tocco alla perdita fatta della sua gloria, si tenne per gravemente offeso da Cleopatra, ma ben presto si rappattumò con lei. Dopo qualche tempo, Antonio sfidò Ottavio a duello, che questi ricusò di accettare. Allora Antonio diresse le sue galee contro il nemico, ma senza frutto, chè anzi gli toccò l'onta di vedere le due flotte congiungersi, e far vela insieme alla stessa parte, e le sue legioni disertare per tradimento di Cleopatra.

Da prima Antonio fu mosso a sdegno della perfidia di lei, ma ella fe' correr voce della sua morte, e Antonio ferito da questa notizia, si ferì con un pugnale, se non che la ferita non fu tale da cagionarne subitamente la morte.

Dopo questo fatto di in considerazione, gli venne riferito che Cleopatra era in vita; il perchè fattosi introdurre nella torre dove erasi colei ricoverata, e spirò alla sua presenza, mentre Cleopatra rompeva nei più alti lamenti.

Cleopatra, poco dopo, cadde in potere di Ottaviano, e morì poi volontariamente del morso di un aspide.

Ottavio, assestati i suoi affari in Egitto, ed in Asia, tornò a Roma, e vi celebrò tre trionfi. Trovandosi allora al colmo de' suoi desiderii, padrone assoluto di Roma, dubitò da prima sul partito da scegliere, se cioè abdicare il comando ad esempio di Silla, o correre il rischio di venire assassinato come Cesare. Finalmente consigliato da Mecenate suo confidente risolse di acconsentire all'offerta del trono col titolo di Cesare imperatore. Cesare si diportò con sì insinuanti maniere da cattivarsi la simpatia dell'universale, e si offerì di rassegnare il suo potere nelle mani del popolo, il quale lo confortò, ma poco vivamente, ad assumere tutto il peso del governo.

Cesare vi accondiscese, benchè con apparente diniego, e fu eletto imperatore sotto il nome di Cesare Augusto.

LVI.

Sguardo alla città di Roma nel suo stato di grandezza.

Roma era allora al colmo della sua gloria. I suoi dominii si estendevano a più di 55 gradi nella loro maggiore lunghezza. Contenevano nell'Europa, l'Italia, la Gallia, la Spagna, l'Illirio, la Dacia, la Pannonia, parte della Brettagna e della Germania. In Asia, tutte quante le provincie che vennero di poi conosciute sotto i nomi, d'Asia minore, Armenia, Siria, Giudea e parte della Mesopotamia. In Africa, l'Egitto, la Numidia, la Mauritania, la Libia, oltre molte isole e porzioni di altre provincie. Le annue rendite dello Stato potevano calcolarsi a quaranta milioni di sterline, ossia 800 milioni di nostra moneta. Aggiungasi altrettanto in prodotti e prestazioni onorevoli.

Dicesi che il circuito della città fosse quaranta miglia, e contenesse quattro milioni, a un dipresso, di popolazione. La sua magnificenza passava ogni segno. Era ricca di palazzi, case, templi, statue, archi, edifizii trionfali in marmo, di molti dei quali esistono tuttora gli avanzi. I costumi del popolo erano oltremodo cambiati, i quali più non distinguevasi per l'eroismo di prima, ma più politi e civili apparivano; applicava l'animo alle arti e alle scienze.

Parte terza

L'IMPERO DI ROMA:

Augusto Cesare, Tiberio Cesare, Caligola, Claudio.

Augusto salito al trono fece parecchie buone leggi, e colla sua dolcezza e clemenza fu di specchio al suo popolo. Molte guerre straniere furono dai suoi capitani intraprese con esito felice, ma molto ebbe a soffrire per perdita d'amici, e per difetto di persone della sua famiglia.

Sotto il regno di questo imperatore, nacque il Salvatore nostro Gesù Cristo.

Tiberio (figlio di Tiberio Nerone e di Livia, di poi moglie di Augusto) era stato adottato dall'ultimo imperatore, e messo a parte del governo. Fu sospettoso fuor di misura, di fiero carattere; e tra le altre sue turpi azioni, confortò Pisone governatore della Siria ad avvelenare suo nipote Germanico ottimo principe che avea reso segnalati servigi alla patria.

Tiberio fatto vecchio, si ritirò nell'isola di Capri ove passò in modo vituperevole i suoi giorni, commessa la cura dell'impero a Sejano, uomo d'indole perversa al pari di lui. Tiberio visse settant'ott'anni e ne regnò vent'otto. Durante il suo regno, fu crocefisso e risorse il Salvatore nostro Gesù Cristo.

Cajo Caligola gli succedette al trono. Era uomo tristissimo che pretendevasi un Dio, e fu di cuore sì barbaro che desiderò che il popolo romano non avesse che un capo per poterlo troncare d'un sol colpo.

Dopo un regno di circa tre anni, fu ucciso da una mano di cospiratori, alla testa dei quali era Cassio Cherea tribuno, che egli avea due volte insultato. Caligola visse anni ventinove.

Claudio zio dell'imperatore precedente, fu destinato a succedergli. Fu principe assai debole che in luogo di governar la nazione, egli stesso lasciava governarsi da altri. Atonia sua madre usava dire quando le occorreva di vedere uno stolto: - Ecco uno scimunito come il mio Claudio. – Questo imperatore ebbe due mogli, Messalina ed Agrippina, donne ambedue scelleratissime. Escluse dalla successione Britannico suo proprio figlio, e adottò Nerone già figlio di Agrippina, quando costei era ancor moglie del primo marito.

Sotto Claudio, la Gran Bretagna divenne una provincia romana. Questi regnò tredici anni e otto mesi e morì di 63 anni.

Nerone, Galba, Ottone, Vitellio.

Nerone figlio adottivo di Claudio gli succedette. Nei primi cinque anni il suo regno fu buono, ma in appresso divenne uno dei più fieri tiranni, che fossero mai vissuti. Fece uccidere Agrippina sua madre, appiccò il fuoco a Roma, ed intraprese poscia una crudele persecuzione contro i cristiani sotto pretesto che fossero eglino gli autori di quel misfatto. Condannò a morte Seneca celebre filosofo suo maestro ed altri molti. Finalmente Sergio Galba governatore della Spagna marciò contro Roma colle sue legioni. Ciò inteso Nerone fu preso da terrore, ed impeditogli di bere il veleno, corse dall'una all'altra casa implorando soccorso, che gli fu negato. Finalmente Ferone già suo vecchio domestico, gli offerì di nasconderlo nella sua casa di campagna dove a mala pena ricoverassi, ma riferitogli che il senato lo avea condannato a venir esposto nudo alla berlina, si piantò nella gola un pugnale e così terminò i suoi giorni. Regnò circa tredici anni, e morì di trentadue.

Galba dichiarato imperatore in luogo di Nerone, avea settant'anni. Fu buono per indole e formò disegni per la prosperità dello Stato, ma si lasciò padroneggiare dai suoi cortigiani che lo impedirono di eseguirli con fermezza. Nocque molto nel condannare alcuni illustri personaggi, senza loro dar retta, perdonando ad altri meritevoli di castigo. Ottone, che era rimasto deluso nella sua aspettazione di venir nominato suo successore dallo stesso Galba, gli sollevò una aperta sedizione, e i soldati costrinsero il popolo a riconoscerlo imperatore e Galba fu ucciso, dopo un regno di sette mesi all'incirca.

Ottone non regnò che poco tempo prima che Vitellio, che aveva esortato le legioni da lui comandate a proclamarlo imperatore, venisse a Roma con molte forze. Ottone ebbe con lui un fatto d'armi in cui perdè la vita, e le sue legioni furono disfatte. Regnò tre soli mesi e fu principe assai debole.

Vitellio uomo barbaro fuor di misura distinguevasi per la sua ghiottoneria. Non mai credeva di essersi nodrito abbastanza. Egli giunse a tali eccessi che si rese oggetto di odio ai suoi sudditi. Le legioni dell'Oriente deliberarono di eleggere imperatore Vespasiano. Antonio lor capitano, marciò con molte forze, e dopo un vivo contrasto, distrusse il Campidoglio, in appresso cinse Roma d'assedio. Vitellio fu preso dai soldati, che barbaramente lo uccisero e ne gettarono il corpo appeso ad un uncino nel Tevere. Regnò otto mesi all'incirca e morì all'età di cinquantasette anni.

LIX.

Vespasiano, Tito, Domiziano, Nerva.

Vespasiano fu ottimo imperatore. Dolevasi quando era costretto da necessità ad infliggere alcuna pena. In ogni genere di virtù servì di eccellente modello ai suoi sudditi, eccetto alcuni casi in cui si dimostrò propenso all'avarizia. Dopo un regno di dieci anni, fu assalito da grave infermità, e al punto della sua morte: – Un imperatore (gridò) deve morire in piedi. – Ciò detto, alzassi e spirò fra le braccia di coloro che lo sorreggevano.

Tito, figlio di Vespasiano, fu eletto imperatore, dopo la morte del padre, con gran contento del popolo. Sotto il regno di Vespasiano, egli avea distrutto Gerusalemme, e credevasi da alcuni che fosse inclinato alla barbarie; ma la sua condotta da imperatore fu tale, che venne chiamato la delizia del genere umano. Quando occorrevagli di aver passato un giorno senza aver fatto un benefizio, usava dire ai suoi amici: – Ecco un giorno perduto. – Tito spedì in Brettagna il suo generale Agricola che assoggettò i ribelli, e incivilì i costumi di quel popolo allora feroce e selvaggio. Tito regnò poco più di due anni e morì di febbre all'età di quarantun'anno.

Domiziano fratello di Tito gli succedette. Era uomo di fiero carattere, che si formò, dicesi, col mezzo di un suo divertimento al principio del regno, quello di uccider mosche infilzandole per uno spillo; abito, che forse contrasse dall'infanzia, e che contribuì a indurirne il carattere. In appresso diede prova delle più orribili barbarie e si rese accanito persecutore dei cristiani, finchè fu ucciso dalle proprie guardie, l'anno cinquantesimo quinto dell'età sua, dopo averne regnato quindici.

Coccejo Nerva, personaggio di illustri natali, fu eletto imperatore dal senato. Si segnalò colle sue virtù, ma fu inetto al governo di quell'impero, come quegli che mancava di fermezza nell'opporsi agli ambiziosi disegni dei suoi sudditi, e giudicando che mal potesse contrastare coi suoi nemici adottò Ulpio Trajano, personaggio, a quel tempo, governatore in Germania, e lui riconobbe a suo successore nell'impero; ma prima del ritorno di Trajano, Nerva fui assalito da febbre e morì l'anno sessantesimo sesto dell'età sua, dopo un regno di poco più di un anno.

LX.

Trajano, Adriano, Antonino Pio, Marco Aurelio.

Trajano non fu prode soltanto, ma saggio e buono, e si acquistò il soprannome di ottimo, ossia il migliore. Ridusse a soggezione tutto l'Oriente, e distrusse l'impero dei Parti: malgrado però le sue virtù, egli fu spinto a perseguitare i cristiani, comechè ne lo ritenesse alquanto il pensare, che costoro fossero innocenti, nè di alcun nocumento.

Mentre questo egregio imperatore attendeva alle sue conquiste, fu assalito da un'apoplessia, della quale morì, l'anno sessagesimo terzo dell'età sua. Questi regnò diciannove anni e mezzo.

Adriano suo nipote gli succedette. Ebbe l'animo inclinato a bontà, comechè privo talvolta di fermezza nel mettere in opera la virtù che egli medesimo approvava. Spesse volte commetteva delitti dai quali l'animo suo non poteva che rifuggire. Una delle sue massime era quella che un imperatore deve, come il sole, diffonder luce e vigore in ogni cosa; per questo, viaggiò in molte parti per visitare tutti i suoi dominii, finalmente deliberò di finire in Roma i suoi giorni, e sentendo mancarsi le forze adottò Antonino a suo successore; indi a poco morì di sessantadue anni, dopo averne regnato ventidue all'incirca.

Antonino, successore di Adriano, fu di eminenti virtù, umanità, dolcezza di carattere, che gli meritò il titolo di Pio. E poichè sotto il suo regno durava la pace, pose ogni studio nel promuovere il ben essere dell'universale. Sentendosi travagliato da lenta febbre, fu impaziente di morire, e adottò Marco Aurelio; indi a poco spirò, all'età di sessant'anni, dopo un prospero regno di ventidue.

Marco Aurelio si distinse per le sue specchiate virtù e pei suoi talenti, ma fu imprudente nello eleggersi a socio nello impero Lucio Vero, uomo inetto ad una carica di tanto rilievo; la qual cosa diede origine a gravi torbidi nello Stato, che furono preceduti da terremoti, fame e peste, che i sacerdoti pagani attribuirono ai cristiani, i quali in forza di tale accusa ebbero a soffrire orribili persecuzioni. Finalmente Vero morì di apoplessia, e Marco Aurelio pose tosto un freno alla persecuzione e ristabilì la prosperità nel suo regno.

In appresso, marciando contro gli Sciti, riportò una ferita, e morì nel cinquantesimo ottavo anno, dopo averne regnati diciannove. Questo imperatore fu gran filosofo.

LXI.

Comodo, Pertinace, Didio, Severo.

Comodo figlio di Aurelio, gli succedette. In luogo di imitare le virtù del padre egli si propose a modello i vizii di Nerone, e diede esempii delle più bizzarre follie e immoderate barbarie. Finalmente qual tiranno fu ucciso, l'anno trentesimo primo della sua età, dopo un regno di circa tredici anni.

Elvio Pertinace fu destinato a succedergli. Si distinse per suo coraggio e virtù, e si diportò con molta giustizia e moderazione, ma i suoi soldati corrotti dal precedente loro imperatore, gli posero odio adosso, pei mezzi da lui adoperati a ricondurli a buon ordine, e dopo un regno di soli tre mesi entrarono con tumulto nel suo palazzo, e da uno di loro fu trafitto con una lancia.

Morto Pertinace, Didio comprò l'impero dai soldati, ma non fu tanto da reggerne il peso, e ben presto si rese ridicolo per la sua debolezza e detestabile per la sua avarizia, talchè non poteva muover passo senza che gli toccasse un insulto, come a un ladro, che avesse derubato l'impero. In breve fu messo a morte nel suo palazzo.

Settimio Severo Africano fu proclamato imperatore. Fu personaggio di grande ingegno e sapere, ma venuto in odio per la sua scelleratezza e crudeltà. Fu inclinatissimo alla guerra, e molte ne intraprese in stranieri paesi, segnatamente nella Brettagna. Assoggettò Piscennio, e Clodio Albino due competitori nell'impero. Finalmente morì in York l'anno sessagesimo dell'età sua, dopo sedici anni di regno.

LXII.

Caracolla, Geta, Macrino, Eliogabalo.

Antonino Caracolla e Geta, due figli di Severo, gli succedettero, e regnarono con egual potere. Fu Caracolla d'indole fiera, Geta di mite. Questi due fratelli si odiavano a vicenda, e in breve tempo Caracolla ammazzò Geta fra le braccia di sua madre.

Non sì tosto Caracolla si trovò solo sul trono, che diedesi a tali eccessi di barbarie da superarne lo stesso Nerone e Domiziano; finalmente fu ucciso da Marziale in ciò adoperato da Macrino comandante dell'armata in Mesopotamia. Questo tiranno regnò solo sei anni.

Macrino fu fatto imperatore due giorni dopo la morte di Caracolla. Regnò poco più di un anno, di poi fu ucciso col figlio che divideva il regno con lui.

Eliogabalo gli successe. Questi non aveva che dieci anni quando venne al trono. Si rese oggetto di abominazione per una prodigalità senza limite e pei suoi vizii. Soleva dire che i piatti a buon mercato non valevano la spesa di essere vuotati. Dopo un regno di quattro anni, fu ucciso dai proprii soldati. Il suo corpo fu trascinato per le pubbliche vie, di poi gittato nel Tevere.

LXIII.

Alessandro Severo, Massimino, Pupieno e Balbino.

Alessandro Severo cugino dell'ultimo imperatore gli succedette. Fu principe ottimo, giusto e amatissimo dell'erudizione, ed all'età di soli sedici anni ebbe una tale solidità di giudizio, che fu tenuto in conto di un saggio vecchio. Regnò tredici anni, e venne ucciso in un ammutinamento tra i suoi soldati.

Massimino che era stato il capo dei complici nella sedizione contro l'ultimo imperatore, fu eletto in sua vece. Era figlio di un povero pescatore di Tracia. Esercitato per qualche tempo l'umile mestiere del padre, si arruolò nell'esercito. Si dice che fosse alto otto piedi, e di tal forza da schiantare gli alberi dalle radici, da mangiarsi quaranta libbre di carne il giorno e bere sei fiaschi di vino.

Fu Massimino crudelissimo per indole e accanito persecutore dei cristiani. Il senato lo dichiarò nemico dello Stato, e venne poscia ucciso dai soldati l'anno cinquantesimo sesto dell'età sua, dopo un regno di tre anni. Il suo corpo fu gettato fuori della città per esservi divorato dai cani e dagli uccelli di rapina.

Puppieno e Balbino regnarono poco dopo insieme circa dieci o undici mesi. Furono bene accetti al popolo, ma vennero uccisi dai soldati.

LXIV.

Gordiano, Filippo, Decio, Gallo.

Gordiano giovine principe d'indole dolcissima fu nominato imperatore alla età di soli sedici anni. Sei ne regnò, e fu fatto morire per ordine di Filippo, quel medesimo che egli aveva messo a parte del governo.

Filippo fu riconosciuto imperatore, dopo la morte di Gordiano, e divise l'impero col proprio figlio, allora in età di soli sei anni. Filippo fu ucciso col figlio dai soldati, nell'anno suo quarantesimo, e quinto del regno.

Decio, uno fra i generali del primo imperatore, gli succedette. Questi si diportò barbaramente verso i cristiani, ma fu commendevole per merito e capacità, se non che l'impero romano volgeva più che mai al suo decadimento, nè il savio suo governo valse a preservarnelo. Dopo un regno di circa due anni, Decio venne affogato in una guerra contro i Barbari.

Gallo il nuovo imperatore, comprò una pace ignominiosa, essendosi indotto a pagare un annuo tributo ai Goti. Fu uomo tristo e cattivo imperatore. Gallo e suo figlio, che regnò con lui, furono uccisi in una guerra civile da Emiliano suo generale, e due anni dopo all'incirca da che Gallo era stato assunto al trono.

LXV.

Valeriano, Gallieno, Flavio Claudio, Aureliano.

Il senato ricusò di riconoscere imperatore Emiliano e scelse Valeriano. Questi parve di ottime intenzioni e diede opera a riformare lo Stato, ma sventuratamente fu preso prigioniero da Sapore re dei Persiani, che lo trattò nel modo più barbaro e finalmente lo fe' scorticar vivo.

Gallieno figlio di Valeriano fu eletto in sua vece. Mentre il padre di lui soffriva i più orribili tormenti, egli davasi alla lussuria e ad ogni sregolatezza, comportando che l'impero venisse manomesso. Quest'impero non aveva meno di trenta competitori, i quali si chiamarono nella storia i trenta tiranni. Finalmente Gallieno fu ucciso.

Flavio Claudio fu nominato successore all'impero con universale suffragio. Era pieno di morale bontà ed assai prode. Gran successo riportò contro i Goti, ma terminò i suoi giorni di febbre pestifera.

Aureliano, che gli succedette, fu di bassi ed oscuri natali, ma uno dei migliori imperatori che mai avessero regnato. Se non che fu alquanto inclinato alla severità, la qual cosa fu cagione che i soldati lo privassero di vita, l'anno settantacinque dell'età sua e quinto del regno.

LXVI.

Claudio Tacito, Aurelio Probo, Aurelio Caro, Diocleziano.

81

Claudio Tacito fu eletto dal senato per succedere ad Aureliano. Fu assai buono per indole; ma dopo un regno di sei mesi morì di febbre, mentre disponevasi a marciare contro i Parti e gli Sciti che aveano invaso l'impero.

Aurelio Probo si distinse per l'eccellenza del suo carattere e la sua disciplina negli affari della milizia. Esso fu eletto ad universale suffragio per succedere a tacito, e regnati sei anni fu ucciso in una ribellione.

Aurelio caro venne poco dopo eletto imperatore, e non molto appresso morì con molti altri colpiti a morte da un fulmine nella sua tenda.

Diocleziano ebbe oscuri natali, ma si fe' strada coi suoi meriti e il suo gran potere nell'esercito, e venne eletto imperatore. Associò all'impero Massimo, e dopo molti nobili fatti abdicarono ambidue la loro carica il giorno stesso, e in privata condizione passarono il resto dei loro giorni.

LXVII.

Costanzio e Galerio, Costantino il Grande, Costanza.

82

Costanzio e Galerio, che erano stati dichiarati Cesari dagli ultimi imperatori, furono riconosciuti a loro successori. Il primo fu saggio, valoroso e clemente, il secondo crudele e brutale. Costanzio morì in Brettagna, e nominò a suo successore il figlio Costantino. Galerio fu assalito da una malattia incurabile di cui in breve morì.

A Costantino non mancarono da prima competitori nell'impero, ma egli ne ebbe la preferenza, e fu intorno a quel tempo che egli si convertì al cristianesimo. Egli trasportò la sede dell'impero da Roma a Bisanzio, ove fu eretta una nuova città che egli chiamò Costantinopoli, il quale avvenimento fu cagione che Roma non mai più riavesse la sua antica grandezza. Costantino lasciò tre figli tra i quali fu diviso l'impero. Dopo la sua morte, questa divisione contribuì grandemente al suo disfacimento. Costanzo, secondogenito di Costantino, sopravvisse ai suoi fratelli, e divenne egli solo imperatore. I Goti ai quali Costantino aveva opposto una gagliarda resistenza, si resero accaniti nemici dei Romani. In questi già era venuto meno il coraggio, quelli erano ferocissimi, ed intrepidi. Costanzo fu principe debole e timido, e inetto ad affrontarli. Regnò trentott'anni.

LXVIII.

Giuliano l'Apostata, Gioviano, Valentiniano, Valente.

Giuliano aveva abbracciato la fede cristiana, ma alcuni filosofi pagani lo esortarono a rinunziarvi. Fu allora che egli diventò nemico dei cristiani e fece degli inutili tentativi per riedificare il tempio di Gerusalemme. Riportò molti vantaggi contro i barbari, ma dopo un breve regno di due anni fu ucciso da mano sconosciuta, mentre disponevasi ad una spedizione contro la Persia. I pagani lo collocano accanto a Giulio Cesare.

Gioviano fu poco dopo dichiarato imperatore. Professava la fede cristiana e fu di conforto ai cristiani, ma non regnò che otto mesi.

Valentiniano ottenne tosto l'impero, e accolse in qualità di collega suo fratello Valente, con cui divise le provincie. Valentiniano governò l'occidente, Valente l'oriente. Valentiniano attese a ripristinare l'antica grandezza dell'impero, ma non fu capace di mandare a compimento il suo disegno. Assalito a Roma da forte indisposizione che minacciava privarlo di vita, nominò imperatore Graziano suo figlio. Valentiniano, dopo un regno di circa dodici anni morì di malattia convulsiva.

Valente sopravvisse al fratello circa tre anni. Fu ignorantissimo, di carattere indolente ed inattivo. Ebbe una querela coi Goti, e ferito in battaglia ritirassi in un piccolo tugurio, dove fu bruciato vivo dai barbari. Durante il regno di Valentiniano e di Valente, gli Unni e gli Alani, popolo fiero e selvaggio, passarono in Italia, e vi commisero orribili devastazioni, molte delle provincie romane vennero in lor potere.

LXIX.

Graziano, Valentiniano II, Teodosio il Grande, Onorio.

Graziano succedette a suo padre, ma vedendo che Valentiniano suo fratello, in età di quattro o cinque anni era preferito dal popolo, egli secondò le di lui brame, lo accolse a consocio, e gli usò i maggiori riguardi possibili. Nel suo regno i Goti commisero orribili saccheggi, ma furono fatti a pezzi da Teodosio prode generale. Graziano giudicando che più gli giovasse una alleanza con esso, che col suo minor fratello, elevò Teodosio all'impero della più parte delle provincie, prima governate da Valente. Graziano ruppe i Germani e ne fè molta strage, ma finalmente fu ucciso da Andragazia generale di Massimo, allora governatore della Gallia. Egli regnò in tutto sedici anni e ne visse ventiquattro.

Valentiniano secondo, ritenne quella parte d'impero appartenente a suo fratello, e regnò dopo di lui nove anni. Appresso fu ucciso da Arbogaste generale, che erasi dapprima adoperato a frapporre ostacoli al suo potere. Egli portò il titolo d'imperatore circa sedici anni, e fu principe di gentile carattere.

Teodosio fu ottimo generale, ed ottimo imperatore non meno. Resse l'impero a seconda dei principii del cristianesimo, e benchè prode nell'armi, non mai ruppe ad alcuna guerra, se non costrettovi. Si distinse per la gentilezza e affabilità dei suoi modi. Giunto all'età di settant'anni all'incirca, assalito dall'idropisia, divise l'impero fra i suoi due figli, l'uno dei quali nominò imperatore d'oriente, l'altro d'occidente. Poco appresso morì, dopo quindici anni di regno.

LXX.

Impero occidentale.

85

Onorio primogenito di Teodosio fu imperatore d'occidente. Il valore e la condotta di suo padre avevano rimosso i Goti dalla distruzione che meditavano, ma morto Teodosio, buona parte di loro che era stata chiamata in soccorso delle forze dell'impero, sotto il comando di Alarico loro re, durò per molti anni in una guerra contro i Romani. Alarico riceveva a quando a quando rinforzi dai suoi paesi, e minacciò la totale distruzione dell'Italia. Finalmente assediò Roma, e il senato spedì legati per trattar la pace, che egli non volle accordare, se non a patto che gli fossero date tutte le loro ricchezze e i loro schiavi. Poco appresso, egli tornò colla sua armata, e commise orribili saccheggi. Onorio regnò sgraziatamente vent'ott'anni dopo la morte di suo padre.

LXXI.

Valentiniano III, Massimo, Romolo Augustolo, Odoacre.

Valentiniano figliuolo della sorella di Onorio, fu eletto imperatore, dopo la morte di suo zio. Sotto il regno di questo principe, tutto andò alla peggio e in ultimo fu fatto morire. Massimo, che era stato cagione della costui morte, gli succedette e sposò Eudossia moglie di lui. Genserico re dei Vandali gli tolse l'impero, e in appresso molti vi furono destinati a succedere, che portarono il titolo d'imperatori, senza averne il potere. L'ultimo di essi chiamatasi Romolo Augustolo. Egli pure rassegnò il titolo al suo vincitore Odoacre, re degli Eruli.

Odoacre assunse il titolo di re di tutta l'Italia, e pose fine all'impero occidentale. Ciò avvenne cinquecento ventidue anni dopo la guerra di Farsalia, e quattrocento settanta dopo la nascita del Salvatore.

Dalle rovine dell'impero romano sorsero molti regni.

LXXII.

Impero Orientale.

87

Arcadio figlio di Teodosio e fratello di Onorio ereditò l'impero orientale, la cui metropoli era Costantinopoli, che cominciò da lui per una lunga serie di imperatori, sino all'anno 1453, in cui Costantinopoli fu presa dai Turchi sotto Maometto II. Dalle rovine dell'impero orientale sorse quello dei Turchi.

I nomi degli imperatori d'oriente, che regnarono sino alla distruzione dell'impero occidentale furono i seguenti:

Arcadio, Teodosio II, Marzio, Leone il Trace, Leone il Fanciullo, Zenone Isaurico, Basilisco e Anastasio. Da Anastasio sino a Basilio il Macedone regnarono ben ventiquattro imperatori; e da Basilio fino a Costantino Paleologo, venticinque.

FINE.